钱仲联 讲论清诗

钱仲联 著
魏中林 整理

三联书店

Copyright © 2020 by SDX Joint Publishing Company.
All Rights Reserved.
本作品版权由生活·读书·新知三联书店所有。
未经许可，不得翻印。

图书在版编目（CIP）数据

钱仲联讲论清诗／钱仲联著；魏中林整理．—北京：
生活·读书·新知三联书店，2020.8
ISBN 978-7-108-06686-2

Ⅰ.①钱⋯　Ⅱ.①钱⋯②魏⋯　Ⅲ.①古典诗歌－诗歌研究－中国－清代　Ⅳ.① I207.22

中国版本图书馆 CIP 数据核字（2019）第 181382 号

特邀编辑	王清溪
责任编辑	唐明星
装帧设计	刘　洋
责任印制	宋　家
出版发行	生活·讀書·新知 三联书店
	（北京市东城区美术馆东街 22 号 100010）
网　　址	www.sdxjpc.com
经　　销	新华书店
印　　刷	三河市天润建兴印务有限公司
版　　次	2020 年 8 月北京第 1 版
	2020 年 8 月北京第 1 次印刷
开　　本	880 毫米 × 1230 毫米　1/32　印张 6.625
字　　数	124 千字
印　　数	0,001-7,000 册
定　　价	32.00 元

（印装查询：01064002715；邮购查询：01084010542）

目 录

钱仲联跋语（代序） ············ 001

前记 魏中林 ············ 001

之一 ············ 007

顾炎武 屈大均 黄遵宪 康有为 丘逢甲 钱牧斋 王渔洋

之二 ············ 029

吴梅村 钱秉镫

之三 ············ 049

王渔洋 姚鼐 钱载

之四 ············ 075

黎简 宋湘 陈沆

之五 ············· 099

郑珍　龚自珍　江湜　易顺鼎　俞明震

之六 ············· 123

张维屏　林则徐　龚自珍　魏源　张际亮　左宗棠　刘成禺
何绍基　曹元忠　汤鹏　朱琦　鲁一同　姚燮　黄燮清　马浮
晚清词四大家　李绣子　贝青乔　金兆蕃　章炳麟　王潜
苏曼殊

之七 ············· 147

梁鼎芬　汪瑔　黄节　俞明震　曾习经　罗惇曧　莫友芝
徐子苓　孙衣言　王拯　梁启超　冒广生

之八 ············· 175

金松岑　黄曾樾　汪荣宝　王潜　冒广生　陈去病　柳亚子

后记 ············· 205

钱仲联跋语（代序）

丁卯金秋，门人魏君中林由北疆来吴下，从予攻读博士学位，治清诗学。其时，《清诗纪事》前四卷始刊，后七卷亦告竣。每周授课，清诗与清诗学一并讲述，为时年半。予授清诗，艺术、思想；学术、文学；作家、作品；流派、风格并重，牵连分析，一炉冶之。予以此则治清诗，亦以此法教学生。诚如中林所记，予确以未遑自作一部清诗史为大憾，而果无清诗史之构乎？非也！有何为证？门下诸硕士、博士可证，虽授课因人各有侧重，然清三百年诗歌史迹于课中清晰可见。予先后有四届硕士、十届博士，若诸生各将笔记整理，汇而综之，去重删繁，信能当得一部清诗史！中林为第四届博士，毕业已十三年矣，今岁初秋，忽自岭外寄九万言稿，属予审读，年迈体病，一月读竟，文中误录之字，随读随改。所记均为当时实录，其中，评骘先贤时人诗文人品、思想言论，或褒或贬，"随口而谈"，"思至语出"，为存原貌，并未刊落，得罪时贤之处，谨乞谅之。中林教授粤中，学术日进，清诗学研究尤精，每有新著来,予均有"集薪"之叹。近岁,中林移砚韶州,执掌一校,科研、事务之繁可以想见,不意其不惜耗时,整理旧时笔记,予读毕掩卷,感慨良多,略缀数语于篇末者耳。

  虞山九六叟钱仲联病中跋于苏州大学,时癸未暮秋

前 记

  1987年秋，我从北疆到吴门钱仲联先生门下，攻读古代文学专业清代诗学方向博士研究生。听先生讲清诗，凡一年半。每周两次到先生家，于陈石遗先生题属的"梦苕庵"匾额下，一张八仙桌，一杯清茶，由早至午，很少间断。课毕，先生总送至门口，摇手告别。先生于清诗，早已烂熟胸中，并无教本，从清初迄晚清，逐次一路讲去，如数家珍。无论溯源流、揭伏藏、发隐微、论析评说，皆随口道来，征引略无滞碍。每讲到大家数，置其集于案端，间或翻开指给我看，我则耳聆手记。迤逦下来，校园小店买的印有苏州大学图志的软皮本积有四册。同承謦欬者，先后有沈金浩、严明两师兄。

  当今称得起国学大师的老辈学人，已是屈指可数。其中以先生为最长者。先生于国学无所不窥，从先秦至清末，淹博通达，其洋洋乎著述可证。而于清诗用力最勤，成就最著。宏论卓识，络绎揭表于几十年来自成系列的文章著作之中。先生授徒以清诗，以此为基础自不待言，故先生之讲述，可与先生著述互参。然先生之讲述，又饶具独到价值。先生曾提及，以未遑自作一部系统的清诗史为憾，而先生授清诗，由清初至晚清，大略以各阶段代表诗家为经、风格流派为纬，一脉贯通下来，虽不云史，却又非史之间架而何？先生之讲授，又非一般性叙述，虽以作家为经，却颇注重学术问题的探讨，总是拈出一些学术要点，加以申说。一路讲下来，有关清诗的一些主要学术问题，大略都触及了，对他人的一些学术观点，时有纠驳辩说，这些都不是其他学术著作所能包括的。以先生对清诗的熟稔宏通，讲述家数或问题，总是自然地在清诗乃至古典诗学的全局当中展开，连类旁征，纵横博论，绝不局限于一人一事，此又非一般史著所能为。先生亦注重对作品的举引评说，以先生的学问识力兼诗人的感悟经验，所举权威性地道出诸家成就之所在，当为治清诗者重视，而评点即使片言只语，亦是方家之见，弥足珍贵。当面授受，随口而谈，自不受著论的局限，思至语出，往往机锋锐发；也不必考虑著论的严整，新思隽想，总是不吝启沃，此皆非他作所可取代。要之，一代宗师对一代诗学的系统讲论，本身所具有的学术价值和文史意义，识者可自会。

  陈石遗先生门人黄曾樾，曾将石遗先生面授所谈整理为《石遗先生谈艺录》。受其启发，我早有整理先生讲论清诗笔记刊布之意，而从先生门下卒业十三年来竟碌碌未果。今夏初又缘便到吴门拜望先生，先生须发皆白，面容清癯，端坐依旧。执手接谈后拜辞，先生以九十六之高龄，仍坚持扶杖送至门口，摇手依依一如往昔。回来后暑假间稍暇,于是全力将这四册笔记整理出来。黄氏《石遗先生谈艺录》乃是撮要整理,即不录与石遗其他著述中重复的内容,故其书言简意赅,唯存筋骨,其例乃是一格。然石遗先生泛论古今诗学,"撮要"自是允当。而先生则就有清一代诗学专题系统讲授,理当保留先生完整的思路。其中所谈虽也有见诸先生《梦苕庵诗话》等著述的内容,但纳入先生多年之后的一种思路结构之中,意义自是不同。故尽可能呈现先生讲授的原初形态,以不但知晓先生的主要学术论断,而且从中能够体悟先生的思致、路径、方法,宏观傥论与举析辩疑并存,是我的整理原则。准此,基本按先生讲授顺序实录,对同一诗家在不同部分的评说,不作综合归并;对论说某一诗家时衍展开去的部分,不作删减。将当时速记的话语还原;个别俗语适当调整为现代汉语表达;尤对先生所征引的作品全面核对书、题、原作,分别区别句举、篇举不同侧重以征引。如此都为近九万字,以"钱仲联讲论清诗"总题,分为八段。虽曰实录,然当时误听误记之处,恐难完全避免,当由我承担责任。我的研究生蒋国林、聂欣晗、张琼、白汉坤作了原始文本录入,在此致谢。

魏中林2003年8月29日记于古韶州

9月中旬,我将整理稿寄苏州大学陈国安师弟转呈先生审阅。蒙先生扶病阅讫，将误录处随手改正，依我所请亲笔题写书名，同时作跋语寄回。今按先生所改作了修订，同时将先生跋语移至本书首端一并刊出。其间往复，皆由陈国安师弟代劳，即此致谢！

魏中林又记

我的看法，思想性靠艺术性表达。首要弄清诗各作者自我面貌及个性。同一时代、同一活动，诗人个性不同，故应重视个性、独特面貌。清初的明遗民，笼统言之，各种人物都有，所作差不多。但遗民诗不是流派，其中个性不同，艺术风格亦不同。诗与个性是交流的，要重视其个性的独特性。例如顾炎武，本身是学者，特点是靠实学，战斗性强，务实，故其诗可见其个性，通过其诗艺术风格体现出来。顾炎武同一般诗人不同处，表现在他的个性——务实，但其诗缺乏形象性。诗要由形象来表达，而他务实。用典多，湮没诗的形象。他也并非无形象之作，有一些，但极少，不到十篇。同时的屈大均显然不同。屈浪漫思想较多，但不等于不务实。参加抗清斗争，顾炎武作实地考察。郑成功进长江，顾作《江上》一诗，反对进攻长江，认为冒险。屈翁山参加了郑成功的行动，此事可参考汪宗衍《屈翁山先生年谱》，有详细考订。他提倡进攻长江，这种进攻有些冒险。翁山后出家做和尚，其一生都致力抗清事业，吴三桂反清，他也去参加，因看到吴三桂野心而退。屈翁山一生活动充满浪漫、幻想，参加并没十分把握的活动，但也不是不务实。

顾炎武天文、地理、音韵皆精。顾对民间风俗不够了解。顾所处明末之时代，与外来传教士接触少。屈翁山南北遍走，很熟悉南方之地理，训诂、考订亦懂，并非不务实。尤其他对风俗、民俗很了解，有《广东新语》，可见其知识面广博。这是活的知识，亦有务实根基。他充满幻想，抱有恢复的希望，个性浪漫，故屈诗形象性强。但顾亭林、屈翁山二人并非现实主义或浪漫主义之别。清末的"诗界革命"，是适应戊戌变法产生的，很多诗人个性完全不一样。其中黄遵宪与顾炎武相近，都讲究务实。表现在从事政治运动上，不讲空话。而康、梁讲空话，没有经验。黄在湖南推行新政，脚踏实地推行新法，务实。这种务实精神体现在他的诗中，诗与个性亦同。黄公度的诗，反映了近代帝国主义侵略，对外部世界都有反映，切切实实，都很具体，纪实性强。黄公度诗同于顾亭林处，亦在用典，恰到好处。务实是黄的个性。康有为的诗浪漫性强、讲空话，特点是浪漫，充满感情来表达思想，激动人心之处较多，这一点超过黄公度。幻想到《大同书》，可见康之幻想，凭想象说之，康之浪漫精神为康之个性，与黄不同。丘逢甲也实际，在台抗日，晚年亦致力复台，其诗抒情性强，不同于黄、康。其英气勃勃，复台充满信心。黄诗缺乏英气，缺乏煽动性。

通过个性不同比较，内部外部之间，看出名堂，比出个性。研究清诗要把握住个性。排列名单，并列式研究，显得陈旧。陈祥耀《清诗选》不够好，罗列遗民诗，看不出个性。

还要看相互影响、关系、流派、风格，地域间如何互相影响推进，形成多种多样的变化；还有不同体裁之间的影响，如小说、戏曲对诗的影响。反之亦然。

戏曲对诗之影响，突出的始于明代。相互关系如汤显祖之《牡丹亭》，唱曲韵律优美，语言亦是诗歌语言，这就是诗的影响。王夫之对汤诗很恭维，否定戏曲影响诗歌。到清，首先影响了吴梅村。"梅村体"即受戏曲影响。《长恨歌》亦然。吴写了大量的实事之作，上至宫廷，下至妓女，正是戏曲的主题。吴用戏曲风格作诗。后来，蒋士铨用诗写戏曲，主题是忠孝节义。姚梅伯有意识从事戏曲研究写作，其乐府诗大有戏曲味道，将戏曲内容写到诗里，如《双鸩篇》。戏曲之词语，被诗人用到诗里，首先王渔洋最显著，如"雨丝风片"用入诗里，而注渔洋诗者未注出此句出自《牡丹亭》。明七子作的诗，戏曲、小说语言是不用之入诗的。此问题可作专题去讨论。

袁枚的性灵与宋湘的性灵不一样。袁枚油腔滑调，宋湘格调高雅。各地方诗歌情况，以后可作为专题来谈。

横向的相互影响——相反相成，主要指地区之间、省区之间。清代诗要充分研究相互影响，找出脉络，方可说明问题。

钱牧斋与王渔洋。钱为渔洋《渔洋精华录》作序，并赠诗。

王的地位名望均为钱推引起来,有"代兴"之语。钱作《古诗赠王贻上》,时王年方二十八,钱已届八十。《吾炙集》,渔洋诗为何没有?但二人诗风不同,王崇严羽,钱厌严羽。钱论诗主张反映历史与沧桑变革。这些东西,激动诗人的心,从这样的现实生活激发得来的诗,才是一等的诗。王渔洋讲"妙悟""神韵"。二人相反。康熙三年(1664)钱牧斋故去,他能看到的是渔洋此前之诗,有些现实意义,故推崇之;也有点反清情绪,见《渔洋精华录》最早几首诗及《蚕租行》等。还有《秋柳》四首,怀念故国。郑鸿《渔洋山人秋柳诗笺》,得之渔洋后裔。抗战前刊出,载《学术世界》。钱够得上"南雁","西乌"指顾亭林为一说,谓顾炎武到山西反清事。此说法错误,时间不对。诗后两句谓指钱谦益之说也不对。"枚叔"指梁王手下的官,而钱为中央之官,即福王也已是皇帝身份。"枚叔"应指侯朝宗,用河南地方典故,有所讥刺。黄宗羲亦提到此事,认为应体谅人心,是否真心实意。《寄一灵道人》,王渔洋给屈翁山写的诗,与屈有往来。《秦淮杂诗》亦能看出王渔洋未死心仕清。黄、顾也不反对满人皇帝做得好。可见钱推引王渔洋是有共同之处的。王亦借重钱的名望。

　　钱虽反"神韵",但其七言绝句,亦富神韵,与渔洋有共同之点。钱江南人,王山东人。钱影响王,有相同的部分,有不同的部分。后赵执信反对王渔洋,其《氓入城》《两使君》《道旁碑》等诗,与渔洋诗不同。他之所以反对王,意在抬出虞山冯班反对王渔洋。渔洋本为虞山赏推而抬起来的，冯班为钱的学生，赵又师冯。

钱牧斋北向对山东人的影响如此，向南影响到广东。其影响在政治上、诗歌上均有，对屈翁山推崇。钱仕清仅五个月，后始终从事抗清工作，与桂王、郑成功均有关系。金鹤翀《钱牧斋先生年谱》、陈寅恪《柳如是别传》，均有记载。屈大均在郑成功进攻长江一役中，搞过暗中联系活动，事详汪宗衍《屈翁山先生年谱》。屈曾客山阴祁班荪家中，暗中活动，见过钱谦益，可见魏耕《雪窦山人诗》。钱《牧斋有学集》中《罗浮种上人集序》（屈僧名"今种"），高度评价屈诗之"忠君爱国"。钱影响到广东，可见木陈上人《新蒲录》。牧斋诗在广东有刻本。

钱谦益对浙江方面的影响，在诗歌理论方面较多。其诗论反严羽，主张现实战斗，影响了浙江黄宗羲。黄论诗主张来自钱。《中国历代文论选》中以黄代钱，因列钱不便。黄之父黄尊素，为东林党著名人物，钱也被许为东林党中"浪子燕青"，二人交善。黄尊素死后，钱为其作墓志铭。梨洲小钱一辈，顾骂钱，黄不骂钱，且与钱共同进行反清工作，策反金华马进宝工作，二人相交甚好。是钱影响黄，而非黄影响钱，所以说钱的诗论横向影响了浙江。钱、黄在诗学取径上提倡宋诗，影响了浙派。浙派倡宋诗来自黄，而黄来自钱。对钱谦益的评价是个问题。

清中期广东人黎简，受浙派影响，反过来他又影响浙派。

有两方面：一方面影响浙西秀水派，但毕竟不同；另一方面影响浙东大诗人姚燮。姚很推崇黎简，黎简既是诗人，又是画家。姚燮于戏曲、小说、画皆通，有共同点。戏曲、小说、画有相通之处。对各种艺术要有研究，对创作研究有好处。特别是画论与诗论有相通之处。画派别有南宗、北宗，诗论中有许多是从画论里面来的。

黎简诗与浙派不一样，但说黎受浙派影响，是怎样的呢？《黎简先生年谱》附录诗评补遗："许宗彦《鉴止水斋集》卷三《题黎二樵五百四峰草堂诗却寄》云：'百年论风雅，俎豆王与朱。邕和清庙瑟，明靓倾城姝。俗士忌自立，好学邯郸趋。粉黛饰村媪，靡曼夸吴歈。何人善变辟风格？近数禾中少宗伯。海内赏音谁最亲？独有岭南黎简民。'二樵论诗最膺服钱少宗伯。"此段可说明秀水派对他的影响。为何说黎简反过来又影响了秀水派呢？可参见我的《清诗三百首》页四十七钱仪吉《读黎二樵诗》。钱仪吉为秀水派后辈，是钱载的亲戚。

"诗界革命"的黄遵宪，是现实主义诗人。面向世界，反映中国被帝国主义侵略之现状，这是黄诗主要特点，但爱国主义并非其独有。他独有的是写新事物、自然科学、外域等各方面的东西。黄诗的这一特点，是在其时代与其经历的基础上产生的。清诗在黄以前写海外者有不少人，如胡天游《海国诗》，就写到了海外，很像黄遵宪的《番客篇》，有共同点。胡天游是浙江山阴人，说明浙江人对黄的影响。江苏阮元也有写西洋新东西的诗,黄必看到过阮元之作,会受到影响。北方人舒位,河北大兴人,也有写新东西的诗,如《鹦鹉节歌》,写澳大利亚鹦鹉,写外物较早。写澳大利亚鹦鹉的,只此一家。澳大利亚悉尼大学一学者叫刘渭平,原来是民国驻澳大使,后留居澳大利亚。他来苏州访问我,告诉我这件事。黄遵宪有好几首诗模仿舒位,此诗他定会见到,说明北方舒位对黄写新东西也有影响。

广西人也对黄遵宪有影响。胡曦虽为广东人,但他所居兴宁县距广西很近,两人来往密切,可参见我的《人境庐诗草笺注》附录二《黄公度先生年谱》同治十三年条注。详细的可以看我写的《岭南新派诗人胡曦》,收于我的《梦苕庵清代文学论集》。

黄遵宪写了许多新东西后,江苏人毛乃荣学其《今别离》,详见我的《梦苕庵诗话》。影响最大的是金天羽。我最推崇金天羽,他早期为诗界革命派,晚年脱离政治。《孤根集》主张革命文学,写革命的文章。后继承了钱载的一路。他的《海军行乐词》《招国魂》《读黑奴吁天录》《都踊歌》《广游仙诗》《虫天新乐府》等,实践他的主张。还有写第一次世界大战的东西。他晚年轻视这类诗。黄务实,金浪漫,有煽动力,黄影响到了金天羽。

黄遵宪与同光体诗人关系也不错,互相佩服。他也必然影响到同光体诗人,如陈三立、沈曾植。"同光体"对他也有影响。《人境庐诗草笺注》所附"陈跋"等各跋文,可说明黄诗对同光体诗人的影响。黄往下的影响也很重要。新诗主要受西洋诗影响，故金松岑往下就没有影响了。

戏曲、小说同诗之关系。戏曲、小说各有其理论，可分为戏曲与诗、小说与诗的关系。

诗人兼戏曲家，明清以来很多。最著名的是明代王世贞，有《鸣凤记》，以骈体文写之，又是后七子领袖之一。汤显祖，有《玉茗堂四种》，他也是古文家兼诗人，钱谦益很推崇他。其古文为唐宋派古文，诗也作得好。王夫之评汤显祖的诗，极为赞扬。王夫之评诗、选诗，选其有神韵者，他不喜欢《孔雀东南飞》、杜甫《北征》等诗，喜欢余音袅袅那一类作品。他选明诗，反对七子、公安、竟陵，而最推崇汤显祖。其《姜斋诗话》亦有反映，不喜长篇诗、叙事诗、现实主义之作。王看到吴梅村的诗没有？不知道。但他年龄比吴梅村小。吴诗当时风行海内，王很可能看到。《圆圆曲》正受到戏曲、小说影响。王夫之认为这些东西不登大雅之堂，我曾写过反驳王夫之这种偏见的文章。但王夫之的诗论有很多高明的地方，如爱国精神、对汤显祖的推崇等。汤之戏曲就是诗，曲中许多优美的唱词，就是诗的语言。阮大铖有《春灯谜》《燕子笺》，同汤显祖的戏是一派，文笔好极了，阮大铖诗的成就比戏曲更高，陈三立认为阮诗为五百年大作手，章炳麟对他评价也极高。阮诗均作于明崇祯年代，到福王后就不写了，有《咏怀堂诗》。章太炎评其诗为以王、孟之意趣，融谢灵运手法。陈三立不但是伟大诗人，而且是戊戌变法人物。特别是日人入侵北京，请陈三立出来做事，他拒绝，不吃东西，绝食而死，应该是个了不起的爱国诗人。阮大铖与其表弟钱秉镫观点相左。阮大铖究竟有没有降清？还要查，还不能定论。夏完淳就说阮并未降清，可查《小腆纪年》其中对阮有一番考订。阮的词也很好，叶恭绰就学他。他是个文人，如未降清，则不甘心做坏蛋。我从小喜欢他的诗。

　　吴伟业的传奇《秣陵春》，与其梅村体诗两位一体。尤侗有《钧天乐》，有诗才。蒋士铨有《九种曲》，很美，词句优美。其诗为乾隆三大家之一，诗最正统。黎简有《芙蓉亭》。苏文擢《黎简先生年谱》：少客邕州，著《芙蓉亭乐府》。舒位有《伶元通德》《吴刚修月》《相如文君》。王昙《烟霞万古楼诗集》有诗题"铁云先生于宣武坊南，灯火之暇，作相如文君、伶元通德诸出，商声楚调，乐府中之肴蒸俎豆，匪元明科诨家所可跂及也。太仓毕子筠孝廉华珍，按南北宫而谱之，梁园众弟子，粉墨而搬演之，亦一时佳话，纪以诗"。王昙《铁云姨丈瓶水斋诗集序》："精音律，工三弦，亦习弄笙笛，弹琵琶则鹡鸰立听，奏羯鼓而群羊踯躅。十四年己巳，与太仓毕子筠华珍流寓京国，作《伶元通德》《吴刚修月》数十余出。"王昙有《众香园》《万花缘》《玉钩洞天》等。吴锡麒有《渔家傲》，演严子陵事，已佚。《莳花曲话》谓吴所作南北曲，"亦复妙墨淋漓"。姚燮著《今乐考证》，为清代诗人学者中第一个认真总结戏曲的著作，有开创性，可以说明他与戏曲的关系。黄燮清有《倚晴楼七种曲》。梁启超有曲本，见《饮冰室合集》，写新内容。吴梅有《风洞山传奇》。清代戏曲大家孔尚任、洪昇亦是著名诗人，诗名为其戏曲名声所掩。赵熙，清人入民国，到抗日战争时犹在，具体戏曲撰著待考，他很爱好戏曲。

有清一代诗人兼戏曲家的戏曲名称，见于《清史稿》之《艺文志补编》，著录的不下三百余种。一身两任，必然两者会互相影响。就戏曲与诗的关系讲，也是这样。李家瑞《停云阁诗话》卷三引张际亮话说："余向在都门，观演《醉打山门》，乃悟诗家所谓悲壮；观演《小青题》，乃悟诗家所谓缠绵。"

戏曲与诗关系的理论，应当好好研究。大约有这样几种：一是因戏曲而悟作诗风格。二是在对戏曲之评论中：一种是单评戏；另一种是评戏牵连到诗。如《中国诗乐之变迁与戏曲发展之关系》（渊实）、《曲海一勺》（姚华），见《近代文论选》，其中"明诗第三"谈到诗同戏曲的关系。三是以戏曲词话入诗，如王渔洋。他也用小说入诗。尚镕《三家诗话》称袁枚诗为"学前人而出以灵活，有纤佻之病，可谓诗中之词曲"。

小说与诗。诗人评小说，魏禧《读水浒传》两首诗，歌颂梁山英雄，说明对小说的看法。

金和为吴敬梓堂侄曾外孙，其以尖刻手法作讽刺诗，胡适说他的诗学《儒林外史》，可见小说对诗的影响。黄遵宪赞扬《红楼梦》，姚燮也曾评过《红楼梦》，见《近代文论选》页八十三。大某山人即姚燮，见杨天石《海外偏留文字缘》及

《黄公度先生年谱》。《与梁任公书》论小说,见《黄公度先生年谱》。梁启超提倡小说。俞樾写笔记小说,改写《七侠五义》。赵熙用《红楼梦》入诗:"白头渭水铜仙泪,商略余生到紫鹃。"黄人《小说林发刊词》《新世界小说报发刊词》《小说小话》,谈到小说与诗之关系。林纾有翻译小说的各种序。还有邱炜爰《客云庐小说话》;觚庵《觚庵漫笔》;孙景贤《轰天雷》小说;金天羽《孽海花》前十回、《论写情小说与新社会之关系》;曾朴《孽海花》,曾氏诗极工;张鸿《续孽海花》,张为清末西昆体代表诗人;夏曾佑《小说原理》;王国维《红楼梦评论》,王诗极工。

　　诗歌鉴赏、理解,要明白与历史的关系。宋代陈与义有《牡丹》一诗。陈为洛阳人,洛阳出牡丹,陈在开封为官。当时金兵入侵,他南下杭州,知州事,时在高宗绍兴六年(1136),而其时东南士大夫却醉生梦死,他写了这首诗。同样写牡丹,唐时洛阳士大夫喜咏牡丹。唐人李肇有《国史补》,记载了洛阳赏牡丹之繁荣情况,唐人是在那样的情况下写牡丹的。白香山《卖花》:"一丛深色花,十户中人赋",这就关系到"两税法"的问题。"两税法"于德宗时产生,对付商人、中产阶级。商人要纳百分之二十的税,而地方加码,花样百出。好处是给国家带来财政收入,但加重工商业者负担,后者又转嫁到百姓身上。这说明不同时代有不同写法,白作属中兴时写诗讽刺。陈与义则又不同了,他通过民族矛盾写牡丹。我向来认为,北方东胡民族，侵略汉族土地事较多。鲜卑族属土耳其一统，蒙古不是，故"二十四史"承认其为正统王朝，承认其统治。南宋灭亡时间很短，清诗人冒辟疆为蒙古人，蒙古素王。看陈作"一骑胡尘入汉关"，胡主要指鲜卑族，点出胡、汉。"十年伊洛路漫漫"，谓离家乡正十年。"漫漫"双关，一方面指路遥远，另一方面指恢复无望。"青墩溪畔龙钟客"，说作者处境与年龄。"独立东风看牡丹"，点睛之句。"独立"二字针对半边河山醉生梦死的士大夫。这些人看牡丹，自与作者"独立"看牡丹不同。陆游《示儿》一诗，不同陈作处，乃在意已说尽，陈与义这首诗则含蓄有味。

姜白石《除夜自石湖归苕溪》。白石较尤、杨、范、陆四家为后一辈的诗人。南宋四大家学诗均从江西入手，以后生活面扩大，跳出江西，自开生面。白石较四大家，生活不够广阔，一生主要做幕客、清客，未为官。但又不像陆放翁在幕府，而是在官僚家里为清客。白石为江西鄱阳人，江西诗派发源地。白石诗从江西诗派来，取江西有神韵者吸收之，主要吸收了清秀的风格。黄山谷出自李商隐，宋人朱弁有《风月堂诗话》，其中引黄山谷之说，认为诗要用昆体功夫，达到老杜浑成之境。老杜诗阳刚阴柔兼有，发展到中唐，元和时代出了元、白，晚唐出了李商隐。白香山对后代流派影响不大。韩愈、李商隐各有千秋。韩昌黎发展了杜甫的阳刚之美，讲究风骨，以文为诗，李义山发展了杜甫的阴柔之美。宋诗以西昆为开端，故黄山谷说，要以昆体功夫达到老杜之境。宋诗发展到黄山谷，汲取李商隐、西昆体之长，再回到老杜境界。黄诗是外韩内李，有许多神韵之作。后曾国藩看破其奥秘——外刚内柔，陈三立也谈到这个问题。白石受江西派影响，既有阴柔又有清瘦的特点，这也体现到他的词里面去了。此诗——《除夜自石湖归苕溪》，写作者在石湖为范成大幕客，除夕归苕溪，即湖州。"细雨穿沙雪半销"，写自然景况细腻，雪由于雨而"半销"。"吴宫烟冷水迢迢"，写路途。"梅花竹里无人见，一夜吹香过石桥。"梅花隐在竹里，无人能看见，但它"吹"香，用拟人化手法，被我闻到，故用"吹"而不用"飘"，十分清瘦。梅在"竹里"而不是"林里"，将梅与竹连在一块。将竹与梅相连，始于东坡，有"竹外一枝斜更好"句。如用"松里"，就没有清瘦之气了，而显得呆板。

　　王渔洋《再过露筋祠》。露筋祠为一少女而建，谈迁《北游录》、段成式《酉阳杂俎》等有记载。渔洋曾在顺治末年（1661），从济南到扬州，经高邮，写过露筋祠的诗，后由扬州又到高邮，写了此诗。故云"再过"。诗曰"翠羽明珰尚俨然"，前四字用典，点出庙里塑像是女子。第二句拉开去，写庙外的景色"湖云祠树碧于烟"。后两句："行人系缆月初坠，门外野花开白莲。""白莲"，以白莲花的洁白来写女子的高洁，恰到好处，仿陆龟蒙的白莲诗。

　　王允晳《梅花》诗。王为福建人，诗属江西派，学白石清瘦悠远的意境。举人身份,为陈宝箴幕客,民国初曾在婺源做过县官,地处荒僻。他很有经济才能。在茆屋旁看到梅花,故云"茆屋苍苔岂有春","岂有"见曲折,讲婺源乡下能干什么事。"悠然曾不步逡巡","自家沦落犹难管,只管吹香与路人?"写梅花,也写出了自己的胸襟。有分寸,恰恰合自己的身份,而不是像杜甫、白香山之"大庇"的口气,身份自是不同,可与龚自珍"浩荡离愁白日斜"比较,怀抱一致,但诗的风格不一样,写法不一样。一个清瘦,一个浪漫,亦可与陆游"咏梅"诗比较。

钱谦益《牧斋初学集》。对钱氏评价不一,他既同抗清将领有来往,又与清将领有来往。钱与清将郎廷佐、土国宝、梁化凤等有往来,因有私交,这不是其人的两面派问题,而是以之为掩护,隐蔽其抗清活动,金鹤翀《钱牧斋先生年谱》提出此观点。后郑成功到台湾不再回来,钱不满。瞿式耜对其评价"未尝须臾不念本朝,忠驱义感"云云。马进宝事,梅村诗中亦有诗悼之——《茸城行》。金鹤翀《钱牧斋先生年谱》亦有误处,如将"阮姑娘"误为男,而实为女。钱临终前与南雷事,更可说明问题。金鹤翀《钱牧斋先生年谱》,得章太炎称许。太炎文集中亦有文章,记录钱氏抗清事,其事为真。许多人认为钱诗中伪为,其实,钱氏诗中为真心话。黄人的见解见《钱牧斋文钞序》,骂牧斋弄巧成拙。说他未达做官目的,而又出而抗清。见《钱牧斋文钞》,亦见《近代文论选》。

我认为，评价牧斋应有个前提，即一个人最终的大节问题，他是抗清的。牧斋的发展，降清是发展到坏，但立即又发展向好的地方，即抗清，要用发展的眼光看人。牧斋致仕清廷后，忏悔之处表现强烈。金鹤翀《钱牧斋先生年谱》引归玄恭"杏坛之杖"，即是一例。黄摩西《钱牧斋文钞序》中所说"大婚仪注"，非牧斋所为。《孤忠录》等，记载抗清事、柳如是事等。沧桑之变中，看人要看其大节，不可过拘小末。瞿式耜年轻时亦曾为非乡里，但不妨碍他以后成为爱国遗民。

对牧斋的文章，桐城派贬之。桐城派诸人不喜欢东坡文章的洋洋洒洒，牧斋文章得源东坡，但最初亦学过明七子。前七子文字不通，生吞活剥古人，但后七子王世贞文章较好。王起初未脱前七子，归有光评其为"妄庸巨子"。王后来认识到唐宋文的好处，尤喜东坡，故晚年之文很好，与归有光等逐渐合流。归有光文章规模小，但自有面目。牧斋年轻时对王世贞的文章很熟，但后来走东坡一路，而不是走曾巩、欧阳修一路。如《牧斋初学集》第四十七卷"行状一"，为"孙承宗"写的行状，洋洋洒洒，写这一位爱国将领事迹，典型的苏轼风格。钱是大手笔，他喜用排偶句子，这与桐城派相反。对偶可使文气凝聚。桐城派发展到湘乡曾国藩，区别在于大量用排偶，而与牧斋趋同。钱对戏曲、小说语言不否定，也引用之，而桐城则求雅洁，诬钱文为"其秽在骨"。桐城派骂钱是不对的。《牧斋初学集》中题跋文对研究版本很重要。

牧斋早期为诗，《嫁女词》流露出做官的意思，是用比兴体。不少诗也反映清朝事，但许多诗不够高明。《葛将军歌》思想性尚可。《牧斋初学集》卷十《壬申九月得莱城解围报》，写到民生疾苦。卷十二《五芳井歌》写满族入关，一女子投井事，表现了爱国思想。后面《张将军全昌挽词》二首，写了抗清的将军。卷十三《平台行记圣主能容直臣也》，记黄道周事。《戊寅九月初三日奉谒少师高阳公于里第感旧述怀即席赋诗八章》写明抵抗清事，记事较好。《王师》二首，写镇压农民起义，表达中有一种同情之情在里面。有一诗写镇压农民起义，表面写得胜王师，骨子里写王师之残暴，官逼民反。

钱谦益《牧斋有学集》。牧斋成功之作在《有学集》中。《有学集》中有些序属诗学理论。文章中有此重要作品，施愚山、吴梅村、宋琬、王渔洋均为之序，遗民诗人中为之作序者亦多。屈翁山（罗浮种上人）亦为之序，在爱国遗民中诗最好、地位最高、多写爱国诗的苍雪法师，钱也为之作"塔铭"。钱与憨山大师关系也很深。钱的书信中也有很多重要的论文之作。

《牧斋有学集》有钱曾注，多注典故而少本事。《哭稼轩留守百十韵》，这样的五古，以前只有杜甫能为之。朱竹垞有之，但其《风怀》写的是风月事，不足称道。而牧斋写得很好，其中写实事的注，为牧斋所自为。《投笔集》亦只注典故，不注实事。《后秋兴》八首，一事不注。

《牧斋初学集》编至崇祯十六年（1643）。《牧斋有学集》为入清之作，应从顺治二年（1645）写起，但现在《有学集》中的诗，始丙戌（1646）六月，当中脱去两年，这两年脱诗，见"铁琴铜剑楼"抄本。崇祯吊死煤山，钱在北方闻之，写了几首诗。《甲申端阳感怀十四首》，其中表现了复明意志，有气概。《丙戌南还赠别故侯家妓人冬哥四绝句》，极好！"两见仙人泣露盘"，寓意尤深。"两见"，分别指崇祯、福王之死。诗写"故侯"刘泽清家妓冬哥事，梅村《临淮老妓行》亦写冬哥事。《丙戌七夕有怀》，以牛女之隔，言君臣之隔——此时南方尚有福王、唐王等。陈寅恪解此诗，谓言牧斋与柳如是之分隔，夫妻两地。此说错在事实：丙戌正月，牧斋为清廷授以礼部右侍郎，与柳如是一同去的北京，写此诗时并未分开，不存在牛女之隔，故陈说误。《和东坡西台诗韵六首》，牧斋派柳如是到海上犒师。"痛哭临江无壮子，徒行赴难有贤妻"，即指此。

钟惺固然聪明，诗亦灵秀，学佛。若以佛喻牧斋与钟惺，钟主罗汉，而牧斋则菩萨，故钱名山之评误。文廷式喜好元好问律诗调子，牧斋《投笔集》亦同之，牧斋来自元好问，梅村作不出此类诗。牧斋诗用虚字，梅村不用，用虚字可使诗句流荡感强。梅村为唐调，牧斋为宋调、元遗山调。

牧斋绝句艺术来源：唐王昌龄绝句气概较盛，而神韵有些好、有些无。太白绝句亦佳，有气概，但亦乏神韵。杜甫七绝较乏味，讲究对偶，但亦有具神韵之作，如《江南逢李龟年》诸作。李商隐绝句有神韵，得杜神韵妙处。杜牧七绝多，似不及李商隐。钱谦益即承李义山。

梅村七律虽差，但七绝较好。屈大均七绝我不大喜欢，写得太多了。渔洋悼亡诗过多，伤于滥，难免饰情，当然也有极好的。牧斋、梅村得义山神韵，好处在于有社会政治时事在里面，而义山则多及爱情。牧斋、梅村涉及艳情之作，多在寄托政治。比兴为古诗传统，牧斋、梅村诗亦以此法寓时事。写爱情好在要有时代味道，要有寄托，贯穿于诗即有味道。牧斋《西湖杂感》，尾句多推过一层去写。

爱国主义不仅沧桑变化期间有，康、乾也有。康、乾亦有别。有些遗民不反清，如黄梨洲，他的批判思想，不是针对清朝，而是针对暴君，针对封建统治。歌颂康熙，在于他统一中国上的成就。中国的版图定于康熙。元进中原，定名为元，有统治手段。本土之外，还跨欧亚四个侯国。元代不能包括四个侯国，否则就是蒙古大帝国。

对爱国诗家要分类来看。分类的话，一类是明末爱国将相、士大夫，陈子龙反清而死，要放入。夏允彝、夏完淳、瞿式耜、张煌言、黄道周（艺术风格有独创，末期有诗），这是一批牺牲生命的人。见《明诗纪事》末卷。邝露也要写进去。另一类是爱国遗民，顾炎武、屈大均、吴嘉纪、陈恭尹、归庄等，排出队来。再一类降臣，降臣要分三种：一种抗清，如钱谦益；另一种，最初抗清，后被逼出山；第三种，先是遗民，康熙年代如朱彝尊，先做遗民，后又迎考，与抗清人物来往。他与梅村不同,梅村在明代即有名气,清廷硬拉他出来,被逼出山。但朱竹垞是可以不应考的,应考是由他自己做主的,朱氏并非被逼。侯方域也可属此类。再有一类是清代官吏,如王渔洋、施闰章、宋琬、赵执信、查慎行。有些人遭遇不好。渔洋早期诗有反清味道,但轻描淡写,如《秋柳》等。甚至胡天游也有。还有两种:一种歌颂康熙的统一,但要分析,破坏统一不能算爱国主义。"平三藩"也要具体分析。郭则沄《十朝诗乘》,是关涉国家大事的诗话之作。后魏源、朱琦也写过歌颂清代武功的诗。这一类拖到乾、嘉。

发展,由抗清到颂清,这是一个发展,随历史的发展而发展。到鸦片战争前夜,可以说是前期的爱国诗。鸦片战争之后,社会性质变了,由内部矛盾发展到反抗殖民主义、帝国主义。清入中原,可用侵扰,不可用侵略,侵略是有特定意义的。由此,诗歌内容也起了变化,反帝、也有反封建,但要分析,不可笼统。后边许多人也要分开。困难的是如何处置太平天国。真正的诗人是洪仁玕。发展到"诗界革命",但其他诗派、"同光体"等都有爱国诗。

鸦片战争期间产生了大量的爱国诗,主要有:姚燮、贝青乔、鲁一同、朱琦、林则徐等,这是大家;黄燮清、金和等也著名,其他有一篇、几篇爱国之作者更多。这些人的诗,思想性、艺术性均好。林昌彝写《射鹰楼诗话》对此作了总结,但较零碎。他自觉地写爱国诗话,鼓舞后人。中法战争—甲午战争—庚子事变—日俄战争，这一类诗，各类诗人都有名篇大章。如丘逢甲，他也曾是"诗界革命"中人，但同其他人不一样。帝国主义不但侵华，而且侨民出外亦受欺负，如陈宝箴、丘逢甲均写到缅甸华侨，黄遵宪写到美国华侨，美国人对待中国留学生的事，说明爱国诗走向了世界。可以强调爱国诗是清代诗歌发展的主流，提升到一定高度。清初，和尚、仕女中亦有许多爱国诗人。

吴梅村。《太炎文录别录》有评梅村的话,谓其"辞特深隐,其言近诚";林庚白《丽白楼诗话》亦有"梅村以亡国大夫而委蛇于两朝,其境遇甚苦,情感甚真,心迹甚哀"之评。《听女道士卞玉京弹琴歌》表达了一种爱国主义思想,但十分隐曲宛转。《后东皋草堂歌》写瞿式耜,亦有爱国主义。七绝《赠寇白门》,写得较好。《松山哀》最明显,写洪承畴事,有强烈的爱国思想。《圆圆曲》与爱国搭界。《勾章井》写王妃事,亦有涉及爱国处。

梅村《新蒲录》诗记载明季遗臣私祭崇祯帝事,表现爱国情感,狄葆贤《平等阁诗话》、铃木虎雄《吴梅村年谱》均有所评论。此诗首见于木陈之《新蒲录》一书,木陈为遗民和尚,后降清,钱谦益有序文涉及之。梅村出山后诗谈不上爱国,但他较有良心,责备自己,应原谅之。早期爱国诗,除《松山哀》外,表现均较和平。爱国诗要昂扬、鼓舞人,梅村诗的较隐晦就不够了。两首《新蒲录》诗,悼崇祯帝,但不肯收到自己的集子里，胆子较小。故太炎说其诗特深隐，悔恨是真切的。

研究梅村诗，重点在"梅村体"，影响了有清一代诗人。陈维崧、吴兆骞好梅村体。清中期好梅村体的人较多，袁子才性灵派亦有梅村调子。再后，嘉、道间陈文述《怡道堂》有大量七言古诗，皆为梅村体。清末更多，樊增祥的《彩云曲》《后彩云曲》是梅村体调子。曾广钧，即曾国藩孙，也有此作。王闿运的《圆明园词》为梅村体之作。福建女诗人薛绍薇也有几篇梅村体诗。江苏孙景贤的集子里亦有之。王国维有《颐和园词》，镇江人丁兆靖亦为之。写《颐和园词》的还有几家。江苏杨圻《檀青引》是此体，后写《天山曲》极佳，可与《圆圆曲》媲美。故可以说，梅村体对清一代诗人广有影响。

"梅村体"来自何处？固可以说来自白香山的《长恨歌》、元稹的《连昌宫词》，但不同在于，后两者不大用典。《长恨歌》只用了三个典故，而梅村每句都有典。另一点，梅村体大多四句一转韵，有一定规律，前用平韵，后转则用仄韵，再后则又平韵。转韵间并用"辘轳式"（或曰"顶针格"）。《长恨歌》也有辘轳式，但极少。再有，梅村体用律诗的句法，《长恨歌》不大用律体平仄。再从整体讲，二者均反映国事，但《长恨歌》反映唐明皇事非白香山亲历。梅村体诗则亲见、亲历，也有些未亲历但属亲耳听到的当时的事情。白香山《琵琶行》写个人沦落之情，梅村《琵琶行》反映国之大事，不是个人的沦落之情，故后者可目为诗史，而前者则不可命之为诗史。《长恨歌》为爱情诗，而梅村之作则不是爱情诗。白香山、元稹称为"长庆体"。元、白擅用白描，梅村工用典实。王国维《人间词话》评之用典太多，而不及白氏体。王说有一定道理，但并非全是。用典是中国诗的一大特点，一种用得较多的表达方式。"诗界革命"中之黄遵宪，大量作品依然用典。黄也写过几首梅村体，如《琉球歌》等，可见梅村体影响之大。梅村体来源亦有初唐四杰影响。王、杨、卢、骆四杰诗的特点，是用典、转韵等，梅村学之。横向方面，梅村体受到戏曲影响。梅村本人亦为曲家，有《秣陵春传奇》等。他受明传奇之《牡丹亭》、昆曲调子影响大。这就使"梅村体"不同于"长庆体"。

梅村佳作多，不限于梅村体。表现爱国思想的如《遇南厢园叟感赋八十韵》，即非梅村体。晚年写的《矾清湖》，回忆当年避难情景，谈不上爱国，但是好诗。《赠家侍御雪航》，来源于杜甫之《北征》《自京赴奉先县咏怀五百字》，但不同处在于杜作苍凉，梅村坦平，是融汇了杜、白两家。梅村五言古诗最好的是《清凉山赞佛诗》，写顺治皇帝与董鄂妃事。顺治帝出家说不可靠，而诗写顺治出家，是依据传说。此诗类似白香山《长恨歌》，区别在时事。这既是爱情诗，也是讽刺诗，顺治为女人而出家。董鄂妃死后，顺治帝花了很多钱为之作丧葬事，诗揭露了这种靡费。诗本身表达的情调比《长恨歌》要好，上天入地。这虽不是梅村体，但研究梅村体不可撇在一边。

梅村的另一特点,在于用杜甫之"三吏""三别"精神写诗。如《直溪吏》《临顿儿》《打冰词》《堇山儿》《马草行》《捉船行》《芦洲行》,这些诗作现实主义较强,与梅村体的绮丽不同。梅村诗创新之处还有讽刺诗。《悲歌赠吴季子》"人生千里与万里,黯然销魂别而已",感情强烈,初始便喷发而出。梁任公晚年曾作《中国韵文里头所表现的情感》一文,对此诗极推崇,较梅村体为好。梅村古诗有许多写景之作,也很好,如早期的《途松晚发》《丁未三月廿四日从山后过湖宿福源精舍》,极好。长篇的《廿五日偕穆苑先孙浣心叶予闻允文游石公山盘龙石梁寂光归云诸胜》写太湖洞庭山之风光,极好。梅村七律并不高明,近于陈子龙。清初,钱谦益倡宋诗,黄梨洲也倡宋诗,开浙派学宋先声。梅村七律基本上属云间派,陈卧子一派,主要学明七子调子,是保守派,主张学明七子的"唐诗"。梅村很崇拜陈卧子,一首诗全是实事,开合动荡。梅村排律,《思陵长公主挽诗》好。梅村七言绝句好,情调、风神俱佳,当时可与钱谦益并驾齐驱(王渔洋属后一辈)。《读史有感》之类尤佳。《读史偶述》等有诗史价值。

宋末文天祥等人斗争时间短。宋遗民较明遗民言只是恸哭,谈不上抗元,而清初明遗民亲身参加实际的抗清斗争。宋末人数较少,而且不全是文人,队伍单薄。清初自陈子龙等开始,势力相当大,持续时间长。谈爱国诗要谈艺术,清代爱国诗千姿百态。陈子龙既是诗坛领袖,也是爱国的代表,讲爱国诗要注意在诗坛的代表性。北方傅山风格与南方风格不同,不可脱离艺术流派。

忠君与爱国在封建时代不可分。为明代殉国者属清代还是属明代?论定要有科学根据。

梅村诗究竟何者为好?《圆圆曲》主要写吴三桂,讽刺之,爱国成分极少而且牵强。朱文整理者按:指朱则杰《清诗史》。写法可以,但对梅村其他东西一句不提,有主观武断之嫌。张尔田认为梅村最好的诗为《清凉山赞佛诗》,屈大均抗清问题,汪宗衍《屈翁山先生年谱》载之极详。朱文写了朱彝尊抗清思想,写得好,但当中有武断处。遗民诗人三鼎足:顾亭林、吴嘉纪、屈大均。顾与吴是现实主义,但表现手法不同。顾炎武用典,吴嘉纪以白描,两家均反映事实。屈大均属浪漫主义,又与现实主义结合,有不少现实性的东西。屈诗除爱国东西之外,还有山水诗、爱情诗也写得很好。李因笃、朱竹垞,亦表现了爱国主义。朱文归屈诗为"仙"气,当然可以,但不可概全。屈诗抒情性强,是其最大特点,有鼓舞、宣传、煽动性,故与前二者三鼎足。屈不用长篇写现实,而以之写山水。顾、吴不是"双子星座",两者在于表现手法不同,又都在表现、记载现实。

潘四农说顾亭林诗质实。顾诗抒情不够,而不是什么以抒情为特点。顾之悼亡之作也写得呆板,难以动人,是受学人之诗影响的结果。顾以反映现实为长,而不以抒情见长,这是陈石遗先生讲的。《石遗室诗话》只谈诗艺,忽略了很多东西。石遗有诗评顾亭林七言长篇古风,但其诗集中未收。评顾亭林,朱的见解精辟,认为亭林是学人之诗,这观点是朱第一个提出的。牧斋学问的确广,但顾之学问更精确。顾与钱相较,顾不懂道藏,广不及钱。他对牧斋文章极推崇,虽轻其人。石遗认为顾诗"少趣味",指其缺乏文学上的形象性特点。趣味是通过形象表现出来的,亭林大部分诗以议论为诗,故极少趣味,形象不鲜明,抒情煽动性不够。顾风格只能是"质实",而不是沉雄悲壮。沉雄悲壮是大家多有的,屈翁山也如此,而"质实"则为亭林独有。

《大行哀诗》是排律,"质实"得很,句句用典。牧斋《哭稼轩留守一百二十韵》则写得动荡开合,究竟为大手笔。亭林余事作诗,诗不可推之过高。《千官》以论为诗,笨极,无言外之味。《感事》七首,板滞。亭林诗为"经史"之诗,非泛泛言"学人之诗"。"一代文章亡左马,千秋仁义在吴潘",为亭林诗中佳句,但也少感情。《京口即事》很有气概。《帝京篇》写明朝,结结实实,无动荡开合。《金陵杂诗》空阔,由明七子来。我的看法是,亭林诗调子还是明七子,如就诗论诗,还不如明七子。七子生吞活剥,"便由吴江下楚江"即是。

黄遵宪亦多用典,但较高明,如《马关纪事》。亭林诗与其进步思想并不吻合。公度《大狱四首》,说明其年轻时写诗用典就极好。《香港感怀》亦同。黄用典较为灵活。其"诗界革命"的特点:一方面是"我手写我口,古岂能拘牵",新语言,新东西；另一方面在继承性上全面，在此基础上创新。再有反映新事物、新东西，还有就是外国东西。贯穿在诗中之爱国东西并不新，因为别人也有许多。甲午、庚子之诗显不出他的特点，也不是新东西。在继承上创新，既以口语创新，又有典故，统一在他身上，这与时代有关。

亭林《秋山》是好诗，形象性较好。用虚语"已用""复见"等，使诗句流动，显得活跃些。《表哀诗》典故较多，表不出多少哀。王闿运《圆明园词》一方面揭发了帝王奢侈，一方面揭露了帝国主义侵略。王国维《颐和园词》在思想上不可与之比，后者歌颂慈禧，大骂民国。《十二月十九日奉先妣藁葬》一诗，写清军兵过如织，较平凡。《上吴侍郎阳》，前面尚晓易，中间又开始用典，平凡如史书。吴氏事多惊心动魄，但写得却较差。

用典之道，要熟典生用，死典活用，僻典熟用，一典多用，每个人用一典要切自己诗境。作诗学研究，只有搞清了这些基本的东西，方可正确理解诗意。牧斋句："银轮只在屋西头，一掌偏能障好秋。""屋西头"，合明桂王。此夕月应在东，偏言其西，盖清位东也。我的"罗睢掌上山河影，争与神州共陆沉"句，死典活用也。用典是种艺术技巧，有许多事，直写不胜其烦，而且有许多东西，不便直写，要写得隐晦一些。识者自识，草包固其昧之也。封建时代作社会讽刺，须用此法，避免贾祸，以典掩之。

《李定自延平归赍至御札》，写得较好，但典型的明七子调子。亭林七律多此调，写得过于结实。《海上》四首写得较好。"真阙"即"仙阙"，"水傍神州来白鸟，云浮真阙见黄金"，指自日本乞师抗清事，王蘧常谓指鲁王，误。写估计，写希望。后首"万里烽烟通日本，一军旗鼓向天涯"，写具体的事，即郑成功之举，两首诗是不矛盾的。这几首诗之所以写得好，是用些虚字，变得灵活通脱些。但这几首诗在使用典故上属熟典熟用，而未熟典生用。清代学者很多，但真正的诗人不多，学者中唯纪昀可当之。我以为《阅微草堂笔记》较蒲留仙《聊斋志异》写得好。《淄川行》，汉赋调子。《哭顾推官》，效杜甫《八哀》诗调子，写得稍觉动荡。杜之《八哀》与早期《北征》不一样，以兴趣写之，而非锤炼之工。杜晚年方臻不事锤炼而自工的境界，后人无可企及。《哭陈太仆子龙》，开始与上诗同样笔法，对陈一生概括得较好，语言不平板，而显出坚韧。《赋得江介多悲风用风字》，以"赋得"掩人耳目，而写时事。陈沆擅作试帖诗，为有清一代高手。《简学斋诗乘》中诗，受试帖诗影响较大。唐人试帖高手为钱起，《赋得湘灵鼓瑟》《高渐离击筑》《诸葛丞相渡泸》等，均借古代事拟今。《浯溪碑歌》，发抒中兴希望。《京口》，为明七子、陈子龙调子，但其二写得较好，情感洋溢。《元日》，表现忠君，传统观念。《岁九月虏令伐我墓柏二株》，吴嘉纪也写过伐木事，但内容不一样。《瞿公子玄育将往桂林不得达而归赠之以诗》，写得较好，句如"万里一身天地外,五年方寸虎豸间",仍为明七子调子。此诗言之有物,概括了许多事情,是以七子调子写得较好者。《金坛县南五里顾龙山上有高皇帝御题词一阕》,全诗极有气概,起句"突兀孤亭上碧空,高皇于此下江东",天外飞来,全诗开合动荡,与其他诗不同。《淮东》写刘泽清事,梅村《临淮老妓行》亦写此人事,以梅村体调子来写,亭林则以古诗来写,同汉乐府调子相似。《赠路舍人泽溥》,同亭林一段事有关系。《丈夫》,典实较少,亦好。我读亭林诗,觉其写得虚一些的较好,写得实的没有味道。亭林有意识地以不同题目将国家大事贯穿起来。《赠朱监纪四辅》,写得好。《金山》,写张名振军进入长江,打到镇江,亭林对进攻长江事十分拥护,气概很高,此为顺治十一年(1654)事。但以后郑成功进军长江,亭林就不赞成了。《江上》,记顺治十六年(1659)郑进军长江,认为战略方向不对,主张"一举定中原",从陕西进军,居高临下。但前面张名振进军长江,他却赞成,前后有些矛盾。亭林主张"定中原",自己身体力行,北上经营,所以亭林的战略主张是以关中为根据地,《江上》体现了亭林正面的战略主张,这可印证亭林战略思想何时建立。张名振那次进军,是海军进军长江第一次,很鼓舞人心,所以亭林写《金山》诗时,张军未败,亭林很愉快,《金山》充分表现了亭林的心情、态度与喜悦。《旧苍洲》,写苍洲一片荒凉,反映现实,而不是吊古,这从"唯有""空城"之语可见。七律《白下》较好,属杜甫《秋兴》格调,但抒情极好。钱谦益用杜甫韵，而不用其板眼。《重谒李陵》"问君何事三千里，春谒长陵秋孝陵"，契其诗，多写谒陵，显得迂腐。《羌胡引》，好诗！为亭林集中一首怪诗，骂满洲，写得奇奇怪怪。明初刘基《二鬼诗》是怪诗，骂元朝。"鬼"指外族人，鸦片战争后，"鬼"指外国人，成为特定名词。牧斋《浣月词》之作，似亭林此诗写法。亭林诗点出满洲，很清楚。

钱秉镫。图书馆有《藏山阁》诗复印本。写文学史，我不以人论诗，而要以诗论诗。潘德舆推扬顾亭林，但他自己的诗却简淡似陶。钱秉镫亦为学者，有《田间易学》《庄屈合说》。他与顾亭林相比：顾抗清，有行动，在清王朝占领区进行地下活动。钱秉镫抗清自福王始，一路过来，又从唐王、桂王，活动区域在南明，而不是在占领区，最后桂王失事，方回到家乡。钱秉镫公开出仕南明，顾虽在唐王那里有官位，却是空的，钱则为实官。顾诗在乾隆时被禁，见清文字狱档案，《清稗类钞》亦载私藏顾诗吃官司事，见"狱类"。

研究钱秉镫首先要注意本人诗的价值；另一点钱秉镫为桐城派诗之初源，故桐城派诗文之开山均为钱秉镫。《桐城文录注》首为钱秉镫。所谓开山作用在什么地方？现代人评桐城，多不看作品。方苞贬钱牧斋"其秽在骨"，不对。他对牧斋抗清事不了解，认为牧斋人品、文品皆伪为。方望溪之文为柳宗元等正宗一派，而牧斋好东坡文，是《战国策》风格。故桐城文洁净，讲究语言雅洁，不为戏曲、小说之语言。而牧斋却并不在乎，著文洋洋大观，即有小说气，而这却为桐城派所诟病。这也是方望溪反对钱牧斋的原因。钱秉镫之文尚为言之有物者。

对桐城派文章，钱玄同斥为妖孽、谬种，他自己不会写骈文、古文，所以要骂桐城。

今天评价桐城派，就文章内容说，从钱秉镫、方苞始，到梅曾亮，思想内容都是进步的。另外，戴名世也是进步的，这是指思想上。钱秉镫不仕清，戴曾为清廷官员，但也反清，刘大櫆思想也是进步的，从他的《焚书辨》可见。方苞《狱中杂记》等，写得就好。姚鼐文章提出阳刚阴柔之美，提出神、理、气、味等论说。他的古文一方面谈理论，另一方面艺术性较高，他的长处在艺术性方面。他的诗里有进步的东西，特别是早期的诗，反对乾隆皇帝，以汉武帝为对象，实际上指乾隆，借古讽今。姚鼐用西昆体写的诗，都是借古讽今。这是安徽人特点——离经叛道。其弟子梅曾亮文，有多篇反对封建统治之作，胆子很大，表达了进步思想。梅曾亮为南京人，洪秀全打进南京，马上请梅曾亮、包世臣，可以说明问题。包世臣也有离经叛道之举，见汪士铎笔记中。在南京一段后，梅曾亮出走到了苏北。梅为何出走？推测起来大概对洪秀全耶稣教难以接受，中国士大夫不可能抛弃孔学。

梅曾亮之后，是曾国藩之湘乡派文风。曾涤生四大弟子，师承桐城。如黎庶昌、薛福成，对外域均有了解；吴汝纶为曾门弟子，但文风是桐城文风，不是曾国藩文风。吴汝纶也出去到过日本考察教育，他还能接受新事物，为严复译《天演论》作序。我的《清文举要》多选这些人的文章。

谢国桢《晚明史籍考》中所列晚明史书，不可不读。钱秉镫《藏山阁》诗主要写参加抗清活动，以后《田间诗》写于回乡隐居。前者主要反映民族矛盾，后者反映阶级矛盾。明末清初，民族矛盾为主，故李自成、张献忠可与南明合作抗清。钱秉镫之后期诗体会到了农民的艰苦，但不能将钱秉镫说成"田园诗人"，如果这样就颠倒了他一生的主要关系。他与陶渊明不同，陶渊明做晋朝官，厌倦官场。陶对篡位不赞成，不写刘宋年号，正统思想很狭窄，陶的"金刚怒目"是对着刘宋的。钱秉镫前期参加抗清，后退出抗清，颐养晚年，而未像屈翁山战斗到底，不应强调他的田园的一面，而应重视他前期战斗的一面，这才是他主要的方面。

就诗论诗，我认为也是钱秉镫前期的诗好，他后来去过北京，与仕清者有些来往，官虽未做，但战斗锋芒已减。与屈翁山对比起来，钱氏要逊色一些。钱初期诗风格上明显学古，来源于阮籍之《咏怀》，陈子昂、李白之《古风》。《江上怀友》"空林人不来，落叶满天地"，学唐人诗句。《官兵行》以下数诗，学张、王乐府，较白香山好，深刻。《漕卒行》也是。《读石斋先生疏有作》写得好，是杜甫风格。《秋浦酬孔仲石鱼酒见饷》写得好，"近日故人容易贵，幸因贫贱未曾疏"，似杜之白描抒情，因而感人。《骑驴西街为枢司前驱呵止车上人责供口占》写得十分深刻。《纪哀》《又二首》，好！《感时》写出明末之腐败官吏。《移家白门纪事》长篇，非常好，精神介于杜甫《北征》、白香山的通俗之间。

　　清人喜欢搞些古乐府，以为高标，取法乎上之意。钱秉镫亦有"乐府本调"诗，渔洋亦然，姚燮诗中尤多汉乐府。清人写汉乐府调，姚燮最好，所作乐府为古奥一类，如"郊庙"等。他的乐府取汉赋之中古奥词汇，却并非生吞活剥，而有创新。凝练词汇，古香古色，佶屈聱牙。湖湘派中王闿运、邓辅伦亦为乐府。只有"同光体"诸人不尚此风。这体现了明七子复古的余波影响。钱秉镫用古乐府题，而有新乐府味。如《有所思》，有现实意义。《战城南》，亦反映现实。《过江集》，崇祯十五至十六年（1642—1643）作，写得好。《杂感》，用杜甫《哀江头》的调子。顾亭林从正面表达爱国思想感情，钱饮光从批判角度表达忧国。丘逢甲七律以跌宕之笔出之，变成自己的语言，此本领公度未具。"半生身世困江沱"一首，描写了朝廷衰败状况。

　　《过江集》每首都反映了崇祯末年情况。《清溪竹枝词》末首，写得较具体，不似渔洋写得较空。"国公府内看灯船"，是写实。《戏赠长干诸校书口号》亦同。《襄阳曲》，南朝乐府题，"襄阳今有贼"，谓张献忠。《武康道中即事》五律，写得有杜韵，句法亦相似。"田荒闾左尽，廨废县官贫"，勾结很牢，每句中有直接推理关系，诚杜诗笔法。《自武康入杭道逢雷雨》，排律。他写诗均为生活中事体，好处即在此。此诗中"客久无长铗"，反用典故；"官贫赠小船"，生活中事，凝练、白描兼而有之。《昌化道中》"壤黑多栽漆，烟青识焙茶"，句法如前，有因果关系，从生活中来。《湖上书怀呈陈卧子司理》，见出与陈子龙来往。《武林送陆大丽京之江右》，陆后来做了和尚。《南园杂咏同仲驭作》"有竹皆穿径，无门不用柴""溪声直上阶"，观察细致，极富炼意。饮光写《南园》诗自杜甫来，杜有《何将军山林十首》，饮光《南园杂咏》一组诗即由此来，以一诗咏一景一境。秉镫学杜，在学杜诗真挚之作，而非"国破山河在"一类。《息园应塞庵相公命》句"修竹邻墙出，青峰隔岸移"，写得好，极有意境。郑孝胥诗句"小立过千山"，有此种韵致。《江行暮雨有怀白门诸友》，极有气概。

　　《生还集》甲申、乙酉，即崇祯十七年、顺治二年间(1644—1645)作。《咏史》，借史写时事，与太白《古风》、阮籍《咏怀》为一类。《春兴》五首，为杜甫《诸将》做法，但又不完全是《诸将》格调。"柳色—拖雨"，"梨花—逐风"，不协调。后几首借景色写时变之感。"班吏未全更汉吏"，讽刺贰臣。"乞师空费申胥哭"，指吴三桂借清兵，亡闯王，亦亡明朝。"申胥"指"申包胥"，也可指"伍子胥"，牧斋《伍子胥论》，即称"伍子胥"为"申胥"，《国语》中亦此称。这里的"空费申胥哭"，即可释为伍子胥哭韶关。指吴三桂借兵报私仇，与伍子胥同,借吴兵报私仇。后句"仗节谁容苏武忠",指左懋第,指斥清廷无匈奴气量,匈奴尚可容苏武不死,而清廷则气小量狭,杀了左懋第。清有打油诗:"大元不杀文天祥,君义臣忠两得之。""都尉兰山",谓李陵、贺兰山。牧斋《投笔集》不仅有杜甫格调,宋人、元遗山格调均有之。《长干行》,写清兵掳掠,内容与梅村《听女道士卞玉京弹琴歌》相同。《伪亲王》《伪后》《伪太子》,诗史之作,对三件案子有自己的看法,其文集中有《南渡三疑案》。五代冯道无忠君意识,有庄子思想、农民思想,谁做皇帝都可以,只要我做官。

研究生要想根底扎实,最好的办法是注一部书,以增大知识的全面性、广泛性。钱秉镫诗集值得去注,甚至比我注《人境庐诗草》价值都大。朱东润《中国历代文学作品选》误人子弟,所选代表性不强。抗战间出《内忧外患丛书》,商务《痛史丛书》收清人笔记不少,我著《吴梅村诗补笺》,依之甚多,《牧斋补笺》之成,得益于参照各种笔记,对比甚多。袁子才诗理论较好,但诗要谨慎,拍马屁、油腔滑调,要看郭沫若《读随园诗话札记》,是马克思主义的。

钱澄之《二忠诗》,一写史可法,一写黄得功。《哀越诗》,记史。《悲愤诗》,写钱仲驭倡义事等。《震泽》,以景写情,好。《徐松涛御史》,深得杜甫神韵,有生活,自生活中来,非模仿之作。《重过沈圣符村居》亦同上,十分沉痛,精细而不粗糙。《夜渡》有句"过水一星长",妙。《过昌化感旧》有句"万事销烽火"，极凝练。《三吴兵起纪事答友人问》，写事极细。《放歌赠吴鉴在》，七言放歌体，风格有李太白味道，是重要作品，从后面的描写来看，他到唐王那里很不得意。抒情诗，非纪事。饮光文集中有《吴廷尉鉴在传》，述其前后很详细，仅看诗尚难理解，其中纪事也详。前面的《初达行在》两首，亦表达了对唐王朝廷的不满。

《古诗》几首特别好，从阮籍《咏怀》、李白《古风》、张九龄《古诗》来，用比兴法。渔洋《秋柳》写伤感，而非写秋柳，旨在寄托。有人讲其无寄托，胡说。魏源《诗比兴笺序》须读。钱澄之这几首《古诗》，整体比兴，其中又比兴中有比兴，以橘比人。"置我黄金床，娇爱不见御"，是说唐王对我虽也重视，但不重用。其二讽刺，形式如作戏。其三多用反语，讽刺得势权贵，表面上写自己，实则刺权贵。其四有些直刺了。《侯家行乐词》，为郑氏作，写郑成功事。《福州迎春歌》，开始写法如杜甫《丽人行》，后面调子转到初唐四杰，而后两者从南北朝庾信小赋中来，对比讽刺。《入虔次芋园驿》"万里依刘表，天涯度汉年"两句，极好！《石牛驿》，点出主旨，但与白香山率意点出主题不同，是包含在句中，不是议论。《沙边老人行》，通过老人表达兵祸事体，与郑珍《江边老叟行》同样旨法。招强盗用之，可与鸦片战争时诗参看。《楼船行》写杨廷麟。

所谓诗史，一路写来，要有眼光，择关系重大之事、重要历史大事件作为题目，有意识选择，作者有当事人，有半当事人。饮光写诗史，可称为半当事人，一方面既参加南明王朝，另一方面又听到传闻入诗。晚清金松岑之诗，即以当时社会与国际大事为题，可视作中外诗史。黄遵宪一半客观写，一半亲身经历。康有为主要写抒情诗，通过抒情反映现实。梁启超写刺伊藤一诗，即客观述写，并非当事者。一个作家生在其时代，从其作品中看不出时代的影子，不是好作家。故王、孟不是一流作家。但诗别有一面，不一定都写诗史。历史事件、人类生活是一面，对大自然的爱好是另一面，诗歌描写大自然也是好诗，但不一定是第一等诗，这可能是我受传统诗教影响。契合时代，契合自己的情感，显出自我面貌。金松岑诗无个性，看不出他的情感，却有才气。

"千江同一月，一月印千江"，佛家禅宗之境。钱秉镫后期的诗以下诸作可注意：《石牛驿》通过身历写历史，《沙边老人行》《楼船吟》《从军口号》《哭漳浦师》写忠臣义士，《秋兴》较牧斋差些，写得轻，《哭仲驭》《虔州行》写关键历史事，《咏史》《后咏史》《哀江南》写一大批义士，《南京六君咏》，其中之一为乞丐，"传道城南乞"句极好，《义猪行》新题材，还有《望长沙》等。《生还集》以古乐府题写现实，写自己流浪生活，有真情实感。《咏物》，有寄托。《留发生》，极好，留发不留头。他的流浪生活，比杜甫丰富得多。屈大均经历虽丰富，但以抒情方式写，生活性较淡。《喜达行在二十韵》，写到桂王处。还有《寄呈留守瞿相公》《赠汪辰初》等。《行朝集》中有《端州杂诗》《悲湘潭》《寓怀》《广州杂诗》《临轩曲》,较粗糙。《失路吟》中有《得留守及张司马死难信》《将归操》《行路难》等,写得较粗糙,少技巧,《行脚诗》较好。

王渔洋《渔洋精华录》。编年，起自顺治丙申（顺治十三年，1656）。丁酉（顺治十四年，1657）写了《秋柳》诗。渔洋自中进士多年不得志，其"伯兄"情况须加研究，也说明渔洋早期对清朝尚有离心。

《渔洋精华录》以《对酒》诗始。魏武以《对酒》歌太平，但清朝此时并不太平。诗借古诗歌颂太平，实际上歌颂明太祖统一，读者不可为表面文章所惑。《慕容垂歌》，乐府中很多，为何以慕容为题？显指满洲。丁零部，蒙古地方；鲜卑，即满洲一族。"燕燕"，指燕王，或可释为专指慕容垂。《白纻词三首》，借江南歌谣，一面写满洲入关，一面写南朝福王之荒淫。"阿谁公子淮南王"，指福王；"午罢云中孤月凉"，指"明"字缺半。其三写福王征天下美女充后宫，"须臾璧月沉西方"，指福王殁。《拟美女篇》，郭茂倩解："美女者，以喻君子，言君子有美行，愿得明君而事之。若不遇时，虽见征求，终不屈也。"末句"寄语盛年子，顾义慎自防"，是劝诫吴梅村一类人，要注意节守，不要做清朝官。《拟白马篇》，含义虽不明显，但在顺治时，不存在满族出关事，故诗旨恐还是指抗清事。是否指呼应吴三桂反清事？当时陕西地方有几人呼应之？王蘧常《亭林诗集注》页一一四九对此有记载。故诗写陕西、甘肃等地反清力量的基础。集子里开头拟古乐府，是明人积习，取"取法乎上"之意，清人亦喜为之，但渔洋并非如此简单，就其所拟古题来看，是有反清意思在的。

渔洋"神韵"包括两方面：一方面，其七言绝句、律诗，韵味悠长，音调铿锵，耐人寻味，言有尽而意无穷；另一方面，其学古中，为王、孟、韦、柳之山水，不着一字，尽得风流，由妙悟中来，取法也包括常建。渔洋《白石桥寻黛溪遂至摩诃峰下》，即王、孟一流。对渔洋此种风格，论者多推重，但我觉其浅，跳不出前人意境，有模仿痕迹。这方面王渔洋不如厉樊榭，厉较清深，特色显著。渔洋写题画诗有元代虞集等人笔调，如《和窟室画松歌》。《蠡勺亭观海》，与前面乐府诗精神相关。《蚕词四首》，关注人民生活。《山蚕词四首》，以古雅而非通俗笔调写出。《周文矩庄子说剑图》，好诗，是代表作，《国朝六家诗》选之。《阮亭秋霁有怀西山寄徐五》，王、孟调子，无新意。《南唐宫词》较雅，借南唐亡国写福王。《闻雁》，渔洋七律之长体现于音调，铿锵可听。末联"沅湘一带多兵甲，莫动高楼少妇情"，尚有忧时意。《冬日偶然作四首》，用拟古寄托感慨，像阮籍《咏怀》。《春不雨》《蚕租行》，显出对民生疾苦的关心。

《秋柳》四首,其背景《菜根堂诗卷序》说得极清楚,是感于"摇落之态"而作,诗写福王朝廷已灭亡。

其一"秋来何处最销魂,残照西风白下门"两句是名句,点出福王朝;"他日差池春燕影"指"燕王","他日"指过去,而非将来;"只今憔悴晚烟痕"说今日福王状况;"愁生陌上黄骢曲,梦远江南乌夜村"句,言当年明朝兴起,有吊开国皇帝之意;"莫听临风三弄笛,玉关哀怨总难论"句,最好解说成吴三桂到山海关请救兵、满族人关事,"玉关"可指"山海关",梅村《圆圆曲》开头"破敌收京下玉关"即是。

其二首联"娟娟凉露欲为霜,万缕千条拂玉塘",点秋柳;颔联"浦里青荷中妇镜,江干黄竹女儿箱",说小人物——阮大铖、马士英——能力担承不起国家栋梁之任,"江干黄竹",福王征求美妇;颈联首句"空怜板渚隋堤水",言福王像隋一样完蛋,次句"不见琅琊大道王",两个典故合成一个用,"琅琊大道王"指晋元帝看不见了,喻福王;尾联"若过洛阳风景地,含情重问永丰坊",指福王出身,借《云溪友议》所载白居易事,开封杨柳移植到南京,说福王由洛阳、开封到南京做皇帝。

其三首联"东风"两句谓今昔对比;颔联"扶荔"两句谓物去人非;颈联"相逢南雁皆愁侣,好语西乌莫夜飞","相逢南雁"句指抗清志士、力量,奔向南方,乐府有《西乌夜飞曲》,"西乌莫夜飞",意谓不要再徒劳了。

其四首联"桃根桃叶镇相怜"句指福王王妃童妃,结发夫妻,后去南京,福王不认,"眺尽平芜欲化烟"句,谓童妃不再为福王宠幸;颔联"秋色向人犹旖旎,春闺曾与致缠绵",写童妃今昔;颈联"新愁帝子悲今日,旧事公孙忆往年",谓今日帝子忘记旧情,也要亡国了,"帝子"可指福王,也可指童妃,"公孙",汉宣帝小名,汉宣帝对糟糠妻子很好,但她却为霍光妻所杀,写汉宣帝对照福王;尾联"记否青门珠络鼓,松枝相映夕阳边",写秦淮当年的繁华景象,"青门"用"邵平瓜"典故,用"青门"表现了渔洋对清王朝的离心。

《戏仿元遗山论诗绝句》中"九岁诗名铜雀台"一首,刺谁而作?需查。《怀古诗三篇》"旷世相感"者,有《鲁仲连陂》《颜斶墓》《辕固里》三诗,分写其乡前辈鲁仲连、颜斶、辕固三人。写乡里者不写孔、孟,而写这些人,说明了渔洋亦有"义不帝秦"之意乎?《颜斶墓》意在不出做官,《辕固里》借诗表现对明清易代看法,"抵掌论汤武,大义非荒唐?"认为换代是荒唐的。《息斋夜宿即事怀故园》,是渔洋五言律效王、孟一派最早、最有代表性者,最著名的是"萤火出深碧,池荷闻暗香"两句,范成大有"欲知竹伸节,流萤夜深知"句,渔洋虽模仿之,但能化用,自成神韵。写流萤,《藏山阁》最佳。《读史杂感八首》,用福王朝事。《宣和御墨枇杷图歌》,借宋徽宗吊明。《雪后怀家兄西樵》,我不喜欢这一类唐人的神韵,言之无物。《夜经古城作》"齐王宫"指"衡王宫",所涉"衡王"事,《红楼梦》《聊斋志异》、"林四娘"均有涉及,亭林诗中似亦涉及。《南国二首》，言之无物。《高邮雨泊》，其绝句中名作。《淮安新城有感二首》，写降清将领刘泽清事。《江上》"晚趁寒潮渡江去，满林黄叶雁声多"，拾"崔黄叶"句。《雨后观音门渡江》极好。我的"峦峰脱雨参差出"句即反用此首中之"吴山带雨参差没"句，我的后句是"落叶无风自在飞"。《晓雨复登燕子矶绝顶》，极好，"吴楚青苍分极蒲，江山平远入新秋"两句尤佳，脱于程孟阳"孤蒲江空""秣陵天远"两句诗，但程句较王句为细。《海门歌》，音调铿锵，"七闽百粤为堤防"句何意？为谁而为堤防？郑成功乎？清朝乎？《丹徒行吊宋武帝》，其中写宋武帝恢复中原，目之"雄图"，"少昔人"，谓缺少宋武帝这样的人，借以抒发感慨。渔洋写苏州一带景物诗，写得不深刻。钱谦益写风景之作较粗，比渔洋差。《秦淮杂诗十四首》，好诗。

《戏仿元遗山论诗绝句》三十二首，其诗学理论于此可窥。古代诗论，六朝有《文心雕龙》《诗品》。诗论依各家思想而有别，儒、道等理论皆不同。《文心雕龙》之"道"，现代人释为"规律"，是不对的。"原道""宗经""征圣"，道，指天然的道理。《文心雕龙》以儒家思想为指导，思想是儒家诗学观。《诗品》理论近妙悟，但也是儒家思想，由其分品可见，这是儒家等级制。《诗品》最推重曹植，可见儒家指导。唐朝，杜甫有理论，白居易、韩愈、司空图、皎然等，分属各种不同思想。杜、白、韩，均属儒家。杜"转益多师"，源于孔子思想，"劣于汉魏近风骚"，推重"风骚"。韩愈《谏士》言"周诗三百篇，雅丽理训诂。曾经圣人手，议论安敢到"，亦是儒家。白居易更显而易见，写诗为美刺、讽喻。皎然《诗式》，我认为是佛教思想指导，讲谢灵运、空王（佛教），郭绍虞解说与我不同。司空图《诗品》，就其本身看，描写的都是道士，没讲到佛教，飘飘欲仙的道家人物，人世不大有的道家出世的精神。中国文学，主要是儒、道、佛思想指导。

渔洋作诗，崇王、孟、韦、柳，这些人崇佛教，王渔洋写《唐贤三昧集》，"三昧"即佛家语。他崇严羽《沧浪诗话》，但严沧浪用佛语比喻，不用佛教思想指导，冯班《钝吟杂录》多纠正之。以佛语论诗，是宋人一种风气。渔洋不是借用名词，而是以佛教思想指导。这三十二首《论诗绝句》，重点是以佛教思想指导谈妙语，此外还论到杜甫等别的东西。但论到这些的地方，是为了装门面。另外，他也觉出"妙悟"之流弊，其《鬲津草堂诗序》提出多种特色。首论曹丕，丕诗有神韵，可见渔洋趋向。"柳州哪得比苏州"，柳宗元好谢灵运，但谢之佛教与渔洋所崇之禅宗"妙悟"不同。谢灵运诗也少"妙悟"，讲究千锤百炼，雕刻。柳宗元亦刻意经营，而韦应物能妙悟，渔洋论诗核心——神韵。其《论诗绝句》也涉及杜、白、黄，推崇宋元人诗，显然受到钱谦益影响。晚清杨深秀有《仿元遗山论诗绝句五十首》，只论山西人。李希圣几十首论诗绝句，但看不出论诗宗旨，而主要在论人。

姚鼐。渔洋论诗推重山谷，朱竹垞亦喜山谷，但二人未得山谷真正好处。渔洋选五七言古诗，表现其倾向。姚惜抱选五七言近体诗，趋向黄山谷之宗旨可由这个选本窥见，即其中多选黄山谷之作。苏东坡、陆放翁在后世一直吃香，在对待宋代诗人态度上，许多人不懂黄山谷。姚选五七言近体诗中，五言无宋人诗，七言有之，即西昆。

宋人论诗，称学山谷要用西昆功夫。此为何？可达老杜浑成境界。西昆与山谷均有共同点：一是西昆学义山近体，山谷江西派经昌黎学杜；二是西昆好用典，山谷亦擅用典，但更重在化用前人诗句及典故，主张有来历，自创语言不多；三是艺术上以阴柔取胜，此是西昆特点，山谷表面晦涩，内里亦阴柔，此为其骨骼。西昆学义山，间接学杜。山谷学杜，通过韩愈一路，此亦为宋诗以文为诗之特点。韩愈诗以阳刚胜，而到山谷一转手，唯取韩之表面阳刚，而糅合李义山之阴柔，以此成山谷特点。义山七言律影响山谷，这些都非渔洋、竹垞所能理解。故姚惜抱选五七言近体，以标出对山谷诗的宗旨。针对清初钱、吴到渔洋、沈归愚、袁子才等人诗各种弊端，姚以为：一种为恶诗，指袁子才，提倡山谷，即针对此恶诗；另一种即钱、吴等人为俗诗，为挽救此风气，抬出山谷，以为药方，大涤肠胃，泻其油脂。此意可见姚鼐的《五七言今体诗钞序》——"正雅去邪"之意。袁子才"性灵"重在"灵"，其"灵"重在"灵机一动"的"灵"，锦心绣口，而非"灵感"之灵，当然也是包括灵感的。子才诗论。其主旨主要见其《续诗品》。姚鼐选西昆有其道理，如选杨大年《汉武帝》一诗，借之讽今。西昆好诗姚选之。选山谷，则重其"自吐胸臆，兀傲之作"推之，以洗涤肠胃、不食烟火。

姚有选本，亦有创作。姚鼐古体学东坡处多，不独好学山谷，但他不喜山谷拗调。姚之古文超过方苞、刘大櫆。太炎不赞成唐宋古文，却并不菲薄姚鼐，这由太炎《与人论文书》可见。因姚之古文较"吴、蜀六士"谨严，少夸谈，高雅。姚诗能用山谷、东坡高雅的精神，而非袭表面皮毛。姚门弟子中，方东树诗写得笨，但在理论上能发扬姚说。姚鼐的伯父姚范，其诗论推重山谷，影响了姚惜抱，可见其《援鹑堂笔记》。

桐城非但是古文派，还是诗派。除上举外，其理论还可见《惜抱轩尺牍》。姚论古文之说也可移之于诗，如阳刚阴柔之说，其中较推重阳刚。姚身体较清瘦，读古文未能高声，往往低吟，而其七言古却有气派。姚有诗选、诗论及创作，因而成为桐城诗派，观其诗论及弟子诗论，可见其主张。

桐城早期诗，方宗诚有《桐城文录序》（舒芜即方家之人）。钱秉镫即桐城人，诗极为好。刘海峰也有诗选，但那是放大了的"渔洋诗选"。与秉镫同时的桐城诗人有二：方密之、方文。方文有《嵞山集》，其诗好处，从汉魏起。《庐山诗》，高古，有太白风格。方尔止对钱牧斋很恭维，有诗互相来往。其近体与姚鼐有接近处，如《月夜过吴平露寓楼小饮限韵》，诗中有转折，有宋人风致。《再送翁山》亦同。《红豆诗》，见其尊崇牧斋，写牧斋忠于明王朝。《常熟访钱牧斋先生》《钱牧斋先生招饮荔枝酒酒后作歌》等，可见出他同牧斋有密切往来。桐城派骂牧斋，由方望溪开始。姚石甫为爱国诗人，其诗须重视。张际亮为其系狱奔走，张际亮人品可见。

夏曾佑诗重表现内心，与黄遵宪诗表现外部现实有别。

参看几人对姚鼐的评论：陈石遗一条，袁昶四条，范伯子一条，沈曾植一条，夏曾佑一条。夏曾佑《题姚惜翁像》："疏灯草具会痴人，偶语诗书亦夙因。五十自怜闻道晚，百年谁会不传真。愿同秉烛寻流略，便抱斯文寄贱贫。岂为乾嘉耆旧感，纷纷汉宋总成尘。"陈石遗《题竹垞图》："桐城暨阳湖，骈散各趋向。毕生专一技，兼营恐相妨。姬传亦选诗，妥帖乏悲壮。"袁昶《江上》诗，凌云评曰："国朝七律，推惜抱老人，独辟异境。此类句律，殊近似之。"袁昶《夜读柏枧山房集》："郎中消人已意豁，惜抱所养尤深醇。"范当世《范伯子诗集》卷六诗中有句："太息风尘姚惜抱，驷虬乘鹥独孤征。"沈曾植《海日楼札丛》本《海日楼题跋》卷一有《惜抱轩诗集跋》两篇，极力推崇惜抱。

惜抱七古正统，受苏东坡影响较多。五古很高雅，走老杜一路，不同于厉鹗。如《山寺》："四山动秋响，高林黯将夕。披云度寒榛，暮阴下前壁。寺门风萧萧，飞叶满岩积。箐屿暗深溪，淙鸣出穹石。想见谷口外，落日远峰碧。一磬流烟中，万壑抱檐隙。岂无湛冥人，于兹衣萝薜。初月辉易尽，怅望遂停策。"此诗用古文,即柳宗元《永州八记》中《石涧记》中意思,亦有《小石潭记》末尾意,同时兼由杜诗意变化出来,如杜甫之《法境寺》:"挂策忘前期,出萝已亭午。冥冥子规叫,微径不复取。"学前人构思启发,不为模仿。厉鹗之诗由王、孟、韦、柳一路来,与姚不同。姚之《春雨》诗有王、孟特色。杜甫《玉华宫》音调极响亮,宋代张耒《离黄州》与之相似,音韵均仿杜作。姚惜抱之《偕一青仲郛应宿登城北小山至夜作》句中时有对偶,与前两诗音调一路,当然后二人不及杜作。姚惜抱《咏古》诗,咏古皆有寄托,阮籍《咏怀》,鲍照、陶渊明皆有作,其中多有感慨。姚之《咏古》组诗亦同,有感慨寄托。

  清代立国,至康熙时全国统一,康熙要发展经济,设博学鸿词科,姚氏《咏古》第二首诗中"汉廷策贤良"句即指此。"贾竖充簪缨"句,反映在康熙时商业亦有发展。此诗写作时代较早,诗人反映现实须有独到眼光,是借汉武帝咏康、乾时代。第三首"鼓枻出大江",诗中写汉武发浩歌事,与史不符,事见《文选》,这是故意为之,反对康熙、乾隆皇帝游山玩水。姚氏当时敢写此等诗,还是有胆量的。沈归愚写《绿牡丹》诗,关涉了"明",使乾隆为之怒。第四首"循吏有兒宽",指现实亦很明显。第五首"高亭发秋吹",显然反对乾隆皇帝对少数民族的侵犯,表现了姚氏对乾隆时代非正义战争的反对。此借写汉武打西域,好大喜功,影射当时事。"昨闻汉天子,已拔单于庭。微功不得录,委卉秋草并",更露出明显的指向。这说明,桐城派作者，包括后之梅曾亮，多少均有些反清思想，对清廷不满，故姚氏较早即弃官，去了书院教书，即其对朝廷不肯尽心的表现。

我选《清文举要》，所选梅曾亮文章，托古指今，多讽现实。梅曾亮是南京人，洪秀全打破南京，请梅曾亮出山，当时还有包世臣等，所谓"请三老"。但他后未出来，到了苏北。事载汪士铎的笔记中。姚惜抱之前，清初遗民皆抗清，无论钱秉镫、方文、戴名世等人，即方望溪，亦有反清处，刘大櫆亦有些此等想法。姚氏与这些人不是清王朝的向心之人，而为离心之人。许多人，包括曾国藩均看不出这一点。曾氏四弟子中，薛福成、吴挚甫较进步，主张发展工商业。

姚氏也有不少近体诗反映了与此组诗《咏古》同样的思想。我个人对姚惜抱较崇拜，尤其重他的古诗。《感春杂咏》八首也可见其风格。此诗有韩愈《风怀诗》品格，亦可见姚氏与清廷离心的品格。其一"不恤同心鲜，所感余泽沦"；其二"新阳散余冱，和风泛窗棂"；其三"夜闻子规啼，朝看春已晚"；其四有"处有不自矜，养节故难侮。虽无桃李蹊，岂失松桂伍"，均有《离骚》怀抱；其五借桃李花指袁子才一类人："朵朵枝已空，何以成秋实。"姚氏独善其身，思想较多。

姚氏与渔洋有贯通处。大诗人须有宏伟怀抱，关心社会人民之苦难，只有才华是不够的。近代有此怀抱者，人数不多。黄遵宪有宏伟怀抱，但是务实派；丘逢甲怀抱体现在收复台湾；

而最有宏伟怀抱者，当推康有为。变法前，他赴京上书，后写的《出都留别诸公》五首："天龙作气万灵从，独立飞来缥缈峰""安排行集成千卷，料理芒鞋出九州。天下英雄输问舍，地中山海遍登楼"等，气魄、抱负极大。广博的学问，宏伟的怀抱，是大诗人的条件。金松岑为我的《梦苕庵诗话》作序，对我的评论，我觉得足够了，前面大体讲诗人之心，讲宏伟怀抱，后说"余谓仲联：声音之道与政通，吾与子长吟远叹，不落衰世之习，意国运其有兴平之望乎？凡动于人心，诗人之心，其所感为尤锐。即靡所感而自为之焉，亦转移风会之先声也……异日者，图王即不成，退亦足以称霸"。要从大抱负的角度看姚惜抱。

对姚鼐的诗，我从前并未细阅，后看沈曾植的一些推崇，方细品味，觉其古雅。其古诗有杜甫、李白、苏东坡味道。他提倡山谷，但其诗山谷味却不多，无山谷之拗。他是渔洋以来雅音的继承者，但较渔洋更为古雅。他诗里思想为儒家正统思想。《望庐山》，杜甫、李白、苏东坡三人风格的兼体。七言古中有五言句，意境、句式皆似李太白，但淡远处又似苏东坡，风调似杜甫，如杜甫《奉先刘少府新画山水障歌》，亦七古隔四句五言，长短相杂。

姚也能作梅村体，写古咏今。乾隆八年至二十五年（1743—1760），进兵西域，四十年（1775），平定两金川。姚生活于此时，清王朝大一统于此时。《大清一统志》，康熙时修过一次，乾隆时再修。嘉庆一统志,因地域之名等有所变更,故嘉庆二十五年(1820),再修一统志稿本。曾有稿本,藏清史馆,现在缩印于《四部丛刊》。研究历史,要讲年代,称年代学。《秦帝卷衣曲》,为古乐府曲,写苻坚事。姚此首为梅村体,以比兴开头,"池水生青蒲"既是比兴,又是赋。《十六国春秋·蒲洪传》,取以为姓。梅村诗写到中间,往往奇峰突起,而姚氏屈一曲,避免直下。我怀疑此诗写香妃。诗不切题,大写其贮燕姬赵女,而且有许多艳事,写苻坚(少数民族,氐族),实为影射满族皇帝。《唐伯虎匡庐瀑布图》,好诗。《田家》,放于储光羲、陶渊明集中,也很难辨出。陶渊明诗风格,高古结实。《泊聊城》,写景佳制。《大明湖夜》,吸收吴梅村体某些写法。《罗两峰鬼趣图》,很有意思,议论饶富趣致。《万寿寺松树歌呈张祭酒裕荦》亦好。与翁方纲唱和有数首,均不错。他还有些题画诗,东坡味较明显。《赏番图为李西华侍郎题》《岁除日与子颖登日观观日出作歌》,可与其《登泰山记》相互赏读,很有阳刚之气。《与张荷塘论诗》,可见其见解很高。《硕士约过舍久俟不至余将渡江留书与之成六十六韵》五古,风格由牧斋《古诗赠王贻上》而来。溯其渊源,盖由韩愈《此日足可惜》等五古长诗而来。宋人无此本领,清末沈曾植有此本领,用韩诗韵。郑子尹有长篇五古,但为白香山味道,而非韩昌黎诗的调子。姚氏此诗用难韵、险韵,风格高古。诗中许多地方论诗、评诗,表现出他的诗学观点。

姚氏律诗。《夜抵枞阳》，为七绝中极好作品。《贵池道中》，有渔洋味。《江上竹枝词》四首，前二首律体味重，后二首民歌味重。《效西昆体》四首中，《咸阳》写秦始皇统一天下；《渚宫》《洛阳》《越台》，这些诗觉有所影射寄托。《寄和刘海峰三丈游伊阙之作》，明七子调子，腔板空洞，算不上好诗。《出塞》，写现实事，一副唐代边塞诗面孔。《寺寓赠左一青》，好诗。《望潜山》，山谷调，平仄颠倒，但这类东西在姚氏集子中不多。《黄河曲》，是唐人风调。《南朝》《登报恩寺塔》，极好。《登永济寺阁寺是中山王旧园》很有名，尤其"江天小阁坐人豪"句更有名，曾氏曾用之于其阁。此外一句两景，包含繁衰，杜甫、牧斋均有，写法、句法构思有变化。《汉宫辞》四首，以汉武帝统一天下拟乾隆，美刺皆有。其二末句"帷中谁报李夫人"，借之拟指"香妃"。其三"箜篌随上射蛟台"，用典拟当今皇帝。《过汶上吊王彦章》，为姚氏七律杰作，艺术性极高。"乱世鸟飞难择木，男儿豹死自留皮"，两句极佳。《岳州城上》，境界极为开阔，明七子调子，次联"孤筇落照同千里，白水青天各四围"极佳。我小时好无病呻吟，诗句曾有"钱郎头发几时白"句，但那是用神韵笔调写，与姚氏此诗末联"人间好景湘波上，却照新生白发归"不同。《夜起岳阳楼见月》，景象开阔，极有气概，次联"万顷波平天四面，九霄风定月当中"，用山谷诗《登快阁》之"落木千山天远大，澄江一道月分明"意境。《将会梦楼于摄山道中有述》，其中"转毂年光逢小暑，夹衣天气似清明"两句,是牧斋神韵笔调。《别梦楼后次前韵却寄》,亦极好:"送子挐舟趁晚晴,沙边瞑立听桡声。百年身世同云散,一夜江山共月明。宝筏先登开觉路,锦笺余习且多情。镢头半个容吾与,莫道空林此会轻。""镢头半个",借以指佛学精神传与我。这首诗上半首好,后半首有些结实。

钱载。沈曾植跋《惜抱轩》,认为乾隆前后诗坛"格调"空腔、"性灵"油滑,有共同处,不同在于姚惜抱继承性较明显,但创新较少。循规蹈矩,是正宗的诗派。钱萚石好韩、杜,但诗歌语言多有创新,特别开拓了诗境的以文为诗,又不同于韩氏,故《浙西六家诗钞》选钱载诗,但未能反映出特点,所以研究钱萚石要看本集。

钱载诗的缺陷是应制较多,有些无聊,少数也有随便之作。处于其时代,且撇开诗艺不论,就反映现实看,时代感方面,萚石不及姚鼐。姚氏于清廷半摇头,萚石诗中看不出此类东西。就思想性看,他有所不够。

钱载诗属浙派,但不同于朱竹垞,而是秀水一派,学韩愈、黄庭坚。朱氏浙派学明七子,是大范围的浙派。秀水在萚石之前尚有金贵文(金德瑛),为秀水派开创者。《滮湖遗老集》中有论诗绝句:"先公手变秀州派,善用涪翁便契真。"秀水派有萚石、梓庐、拓坡、丁辛、襄七,朱氏也是嘉兴人,但非秀水派。"名家"与"大家"的区别在哪里?"名家"大致指在一点上有独到处,"大家"就要包罗万象。秀水一派,究竟是朱竹垞开创还是金贵文开创？议论不明确。《滮湖遗老集序》论秀水派源流较详。钱锺书《谈艺录》中，极诋箨石，谓其作学人不够，作学人之诗有余。但认为箨石开了秀水派，此说较妥。

对钱载的评论，详见《清诗纪事》。翁方纲《箨石斋诗钞序》评钱载，说明覃溪与箨石有些共同处，可见出二人关系。袁枚评其作诗，"率真任意"。许宗彦《题黎二樵五百四峰草堂诗却寄》推重钱载，认为"二樵论诗最推重钱宗伯"。箨石表面清高，但实际上是个官迷。诗中有一古风，是乾隆做寿，他写诗去歌颂。他编集将《太液池晓坐》置集中之首，官气过重。清人编集多有此好，或则以古香古色之作置于首。《古琴》，借之表现自己的品格，但后面有试帖诗味道。注诗，以诗注诗为佳。箨石《雪夜》，有以诗证史之效。《送祝大上舍维诰之遵化》，五律中风格较高。《鳌阳》"云断峰孤立"，写景较佳，"枣林疏未叶，茅店冷如秋"，"哪知今夜雨，全不为花愁"，皆好。《祊河渡口》"庙立空腔树，村堆没骨山"，我最欣赏这两句。江南地方的山，称没骨山。黄山、桂林之山，苏州天平山，可称有骨山。二句属对极工，最能体现箨石精神。《红桥二首》，六言若作得恰到好处，增一字即可为七言，"山横"句即此。《上巳登平山堂》，杂言诗，《浙西六家诗钞》选入，误！这诗风调很好，我极喜欢。首二句十分自然，但摆进了学人之诗味道，用冷僻字。"此州此堂度此日"，公度之《庚午登明远楼》诗，有"此人此月此楼岂可负此夕"句。《真州》二首，后一首尤好,"篷窗无语看潮生",神韵近渔洋,但较渔洋更有诗味,"多谢窦家门外柳,向人今日作清明",有人情味,更深一些。渔洋脱口而出,缺少更精细的构思,可试将渔洋写清明的诗加以对比即知。《登燕子矶望金陵》,极好。黎简佩服籜石,多仿此诗调子写诗。长短句子错落,亦为籜石特点。以文为诗亦有之。《浙西六家诗钞》以为籜石此诗可与高启《登金陵雨花台望大江》相匹敌。若言气魄,二诗可匹,但风调全不同。高青丘为唐调,《登金陵雨花台望大江》前面极好,但后面就有拍马屁之嫌。而钱作末尾"庾公成赋千秋衰,可惜春风阅霸才",结尾极好。但籜石诗中间不及高作,概括力差,较平乏,开头气概也稍逊高作。《华及堂桐花歌同汪七署正筠作》,极好,神韵、风调均极佳,《浙西六家诗钞》选录。《练祈杂兴五首》,其三风调尤好,其四亦好。《谒陆清献公祠》几首不好,拍马屁。《木棉叹》,可作文献考证。《夜泊昆山》,音调为唐调,为渔洋一路下来。《观李文简公勾勒竹》,可参考。《题柯敬仲画》,典型的籜石诗调子,风格十分刻露。《茸屿城丙舍》,抒情情调好。《题秋山白云图》,好诗。《吴歌二首》,好极了!"青青梅子仁……"吴歌是民间风俗,但这里却写得较清雅。《望葛岭》,为渔洋神韵诗调子,较好。言外之意味道浓郁。《吴越武肃王祠》,很好。《题秋山白云图》"独峰见顶不见麓,纸色即云云半幅",此类风调,多为黎二樵效仿。"半滩风碧叶鸣庐,几日霜黄丝挂柳"二句极好。《饮朱大秀才振麟书斋赋瓶中水仙》,比山谷咏水仙诗写得好。《将游支硎华山天平诸胜先夕系船狮子山下风雨骤作天明益横不得登岸而赋长歌》,较好,"亚字城"指苏州形状。此诗长句多,后郑珍诗喜用长句,金松岑对此不以为然,"今者不见但见苍烟横",笔力千钧。《望石湖》,好极了!——"治平寺南湖翠昏……楞伽不管无情雨,一夜吹花落范村。"《初二夜听雪作二首》,搒石腔板,写景好,用虚字。《读五代史记赋十国词一百首》,清人特点,其中良莠杂出。以上见《搒石斋诗钞》卷一、卷二、卷三。

以下卷四。《夜过吴江二首》,必选之作,后一首更好。"小红"非实指,指桃李等花。《横塘曲二首》其一:"吹瘦门前树,秋莺坐梦中。横塘雨犹可,不愿横塘风。"其二:"妾面湖中花,可怜照秋水。"极好!《五石庵观东主泉》"门深筼翠底,僧老菊黄余"一联,极好!《题抱铪图并序》,极好!杂言体,似乐府《孤儿行》的调子,写得很有力。这样的东西不易写好,我也喜欢这类的调子。我曾作《慈容停影图为赵敢夫题敢夫少失恃晚乃得母像于姨母家》一诗,仿这类调子,大受激赏。我是借用这类调子,而不袭用其字句,意在得其神而不取其貌。我的做法虽不足法,但可以见出如何学古之一种途辙。《三月五日先孺人生日痛成》,此诗为钱锺书激赏。"茫茫纵使重霄彻,杳杳难将万古回",尤为其赏誉。此二句反用白香山"上穷碧落下黄泉,两处茫茫皆不见"句意。钱锺书喜欢写内心的东西,而对写外在现实的东西不以为然。

卷五《打麦》，写农村事体。以下有好多以农村事体为题的诗。金松岑有写此类内容的作品，是写得较好的。《幻居庵观明人分写大方广佛华严经》，考订诗，为翁方纲"复初斋"体者欣赏，但本诗要胜过翁覃溪之作。

清人好讲学人之诗、才人之诗、诗人之诗，我看诗无所谓学人之诗、才人之诗，只有诗人之诗，其中只是侧重点不同。即使顾亭林之诗亦是诗人之诗，不存在学人之诗。学人可以作诗，学人可以作考证等，但作诗就是诗人，以诗人为主。作出的是诗就罢了。陈石遗作诗走杨万里一路，很少以学问为诗，但他学问广博，《元史》就读了三遍。而章太炎作诗风格就不同了，其诗古色古香，风格高古。但即使如此，也还是诗人。

《绿溪咏》二首，好诗，凝练而高古，也不同于王、孟、韩、柳。前首《涵白斋》，写"光"极精："虚窗夜气流，素壁天光聚。独坐夏成秋，频来客亦主。明灯二十年，几宿溪边雨。"后首《独树轩》，写"独"达极致，含义较深，不仅是写树："千岁乃成此，谁初种树人？"诗用新名词，需有新脑筋。有人以新名词写黄山松句，极好："挣扎成名松，淘汰已难数。"确实，要努力成材，而不要只追求成名，成名没什么，成材却是真的，即使当时默默，几百年后也终究会被发现。

《白莲禁体二首》，所谓"禁体"，即要求诗中不能出现"白""莲"字。其一"绿意连天暑气降"，只能是白莲背景；"低擎水面曾无染"，字有来历，极好！"琼立风头不可双"，宋调句子。这首诗虽字字扣题，但较呆板，不够空灵。后面一首则好极了，就显得空灵。其二"艳歌飘渺自风汀"，"鸟下陂烟忽断青"，描写被荷花隔断，花为白色，写白而无痕迹。刘光第亦写过白莲，要胜过钱作，见《介白堂诗》卷下："野风香远忽吹回，一片明湖净少苔。残月自和烟际堕，此花方称水中开。碧波瑟瑟情无限，玉佩珊珊望不来。姑射神人藐天末，乾坤可爱是清才。"莲中有人，极佳！有人是说有人的气质，此正钱作短处。最好的当是我师兄王蘧常的白莲诗。

《江上女子周禧天女散花图》，漂亮极了。《题仇实父人物册四首》，不过咏古而已。"义髻"，假发。我只欣赏这几句："宁王玉笛倚朱唇，能使开元作天宝。"这两句力抵千钧。《谒明徐少卿祠观祠后舞蛟石》《吴江用张子野韵》，写得极好。"斜斜红树影围郭，密密小江声带芦"，极好！用山谷句，青出于蓝。《虎丘诗十七首》五言，其中有许多好得很。其"清远道士养鹤涧"一首极佳，前部分更好。《千人坐蔡忠惠公篆生公讲台字》，好！《梁双殿遗址》，好！"山头一塔高，看尽夕阳在"，两句极有韵味。五绝至此，方臻妙境。《半塘》，亦佳。苏州虎丘到阊门一半路程，称半塘。《题画蝶》，好！《刘松年观画图歌》，黎简多模仿之，其七古中多学此诗叠字法。《买银鱼》，其中三四句为萚石典型的蹩脚句子。《清隐庵雨》，写西湖，写得很飘逸。《书马卷帖后》，学问考订。真要有学问，不容易，但我不喜欢诗里如此。《明皇幸蜀图》，沈曾植在张勋复辟时曾写过这题目，表现主张恢复帝位之意,这当然反动。

康有为的诗功力深厚,可以去把它笺注出来,训练自己的学问根底,我可以帮助你。要注就全注,不要选注。现在很多人作选注,只选好注的,工具书上找不到的就不去注,缺乏学问根底。更有只据工具书粗制滥注,跟着工具书错,一塌糊涂,这是投机,不是做学问。

卷六《杨忠愍公壶卢歌》,兼有朱竹垞《玉带生歌》等长处。《明皇幸蜀图》,公度诗亦及之,引宋人笔记叶梦得《避暑录》的记载,台北故宫博物院画册中有此图。蒪石所见之图,为另一图,有文待诏(征明)题《蜀道难》,而此图只有乾隆题诗。

蒪石五言诗喜用拗句写风景,但写不过秀水王又曾《丁辛老屋集》,因蒪石趣味少些,如《晚步吴羌山下三首》。山水诗自谢灵运始,王、孟、韦、柳是一路。另一路是杜甫、韩愈,以雄奇胜。宋人山水,苏东坡承杜、韩而来,掺些白香山。山水诗第三路发展为南宋杨万里,以七言绝句来写。明人写山水佳者为阮大铖,走的是王、孟一路;清人王又曾以七言写风景极好,蒪石亦为之,但不大好;江湜承杨万里,数量、质量均可与杨万里比,但他最激动人心的诗是反映动乱的作品,可惜站在了与太平天国对立的立场;而近代四川人赵熙送友入蜀,写绝句三十首,颇得陈石遗欣赏,于是一夕增写成六十首,从北京一路至四川所经之风景皆表出之,我的《近代诗钞》选录。

以组诗写风景的不多,江湜可谓真能继承杨诚斋者。

《北流水上作》,宋人调子,缺少趣味。《䇹石斋诗钞》卷七页三,有一组五言绝句写风景,这类写法韩愈有之,见《韩昌黎诗系年集释》下册页八八九。《六十七年研铭拓本歌》,属翁方纲一类考据诗。后《邠亭诗钞》中较多。《吴兴》,这一类调子没啥道理。有些唐调还是好的,但不可像七子那样空腔板。《雪向晚转骤》,不成为题目,蹩脚得要命。䇹石集子里良莠皆有,可见他的真面目。而渔洋只录精华,难见真面。

卷八"五首",我最欣赏末首,古朴中有魅力。《寺复憩花港六首》,有杜甫风韵,第四首写桃花有些小聪明。若袁子才来写,定然油滑。《水榭人归》一首,是宋人笔法,后句尤其显著。他的西湖风景诗不少,但不及其虎丘诗。《乌石山房》,好,是杜甫、李商隐笔法,前四句尤佳。西湖配西施,总要写得漂亮为好。此题写得好的是厉樊榭,还有近代俞明震、陈曾寿,三人写得好。

卷九,一些农事诗,写得笨了些,但可见社会情况,䇹石此类不多。卷九还有一些应制诗。卷九好诗极少。

卷十《去严州十里外泊》,极好。前四句尤好,而是䇹石笔法。《泊舟铁幢浦观月用柳柳州赠江华长老韵》,虽意思不新,但联句较好。诗所写之地,应以开阔笔法来写。《滕县》,亦好,半首转韵,山谷体。《除夕》,亦可,有孟东野味道。

卷十一《净业寺》,好诗,前半尤有唐人味道。《怀陈丈向中西安》，极好。《寄汪上舍孟铜仲纷》，较好，以真情见长。《题顾孝廉洞庭秋泛图》，前面几句有魄力。

卷十二《木兰诗》，极好，气派好大。"夜蒸""度岭"，凝练，有魄力。"矮树"首："西出两峰口，万灯中夜红"，与杜甫《出塞》"落日照大旗，马鸣风萧萧"相似，气魄宏大。纳兰词中似有此境界。卷十二《田盘松石图为少宰佟公介福画并赋长歌》，"堂花"，指室内养花。起四句写法有特点。"田盘"，北京一佳山也，后写所画景色。写法仿乐府"江南可采莲"句式，以高古的笔力描绘。这首题画诗极好。《题许秋曹道基竹人图》，极好！主要是构思很好，所谓"得少陵之神而不袭其迹"。《兴隆店》，用七古句式，而以乐府诗写法。用联绵字、重叠、排句、复句，前后对照。"泪落店门前，街尘为不起"，此孟东野写法。"人生本逆旅，逆旅乃如是"，递进一层，好诗。《考具诗》，从中可以看到封建时代考场情况。郑子尹有一长篇五古，也写过考场，郑珍诗主要借此发牢骚。《登多景楼》，极著名，有气魄。多景楼在"北固山"。《僮妇十七首》，这可以说是钱萚石最好的诗。《王安道华山图》，以写文章的笔法写此诗，很有特点。郑子尹诗此类调子很多。《刘三妹词二首》，写的即是今电影演的广西"刘三姐"。以竹枝词笔法，可见萚石对民间文学的学习。

萚石的"颂圣"诗大拍皇帝马屁，姚鼐写之则寓讽刺于其中。卷十八《圣武诗一百二十韵》，歌颂乾隆皇帝的武功。魏源

《圣武记》与之不同，不是单纯歌颂，而是意在政治历史。萚石此诗较呆板。江湜《二仆》写得很好，《僮言》也写得好。这些诗较萚石《僮归》感情深挚。《出东林六七里望庐山》，极好！有太白气象。《蒲州》《潼关》较好。《紫柏山下留侯祠》，为五律高古一路，我极喜欢。萚石晚年诗作得自然，不那么吃力了。《到家作四首》，两首好，两首蹩脚。《清流关》境界极开阔，气魄宏大，但又非明七子腔调。

　　石遗所选而称道者，极乏味，那只是他的眼光。萚石诗中，民生疾苦是看不到的，恭维王朝算不算爱国主义？不一定，要看表达的是何种思想。就思想性讲，萚石比不上清初几位大家，但就诗艺来看，则有超过的地方。但乾、嘉诗坛上，注意民瘼都是本不多，只有黄景仁较突出。乾、嘉诗坛，诗艺最高者为三鼎足，即钱载、宋湘、黎简，故梁任公的评论，未可厚非。金和近体诗为乾、嘉滥调，古诗能成一家，但内容反动。黄遵宪诗没更多讲头，《登巴黎铁塔》，爱国之作。

之四

　　黎简、宋湘。先讲黎简。其死于嘉庆四年(1799)，故算乾隆时代人。宋湘死于道光初，可算乾、嘉两代人。乾隆朝岭南诗人，此二人最佳。二人诗风相异，但互相推重，两人为同辈。黎简一生不得意，生活较清贫，虽非隐居，但等于隐士。宋湘出仕，官场上尚走运。黎简大部在广东生活，宋湘则是一生足之所履多矣。黎简诗风雕刻，长篇似韩愈，短篇似李贺，五律有杜工部韵味。宋湘以李白格调，挥洒而不雕镂。石遗有《戏用上下平韵作论诗绝句三十首》，其中第二十七首将二人并作一处写："不出其乡黎二樵，江山文藻太萧寥。芷湾近体能宗杜，传唱琴台箸未超。"石遗不喜雕刻，故抑黎简而扬宋湘。石遗对黎简未曾深入研究，认为黎简为顺德人，评曰"不出其乡黎二樵"，认为黎简的视野境界不出其乡下范围，此句不对。黎简小时生在南宁，有时回到顺德，还去桂林游玩。黎简二十年纪辰光时，因南宁不是家乡，要考秀才，始正式回到顺德，而且顺德离广州不远，他也常到广州，并非"不出其乡"。黎简的诗写桂林、南宁等地山水均有，石遗谓其"江山文藻太萧寥"，言之不确。其后两句是赞扬宋湘。黎简《五百四峰堂集》，校图书馆藏。

有一部广东人选注的《黎简诗选》页一二六《残月寄室人》一诗注解多误。学作诗注，应当看看我的《剑南诗稿笺注》是如何注的，看前四卷即可。如果能注出郑子尹《巢经巢诗》，学问就扎实了。《十驾斋养新录》《日知录》《困学纪闻》，这几部要注意。黎简妻梁雪与黎简同岁，二十岁结婚，夫人死时只有三十八岁。《入羚羊峡寄闺人》："端州万家梦，上有孤月白。"此种境态，陈三立多有之。此诗写景极好，十分凝练。梁启超、陈三立均推重黎简，但也有人贬之。

《邕州》这首诗，《黎简先生年谱》有，而黎简诗集不收，是在南宁时结婚以后所作。"邕州"，即南宁。"不胜今昔亲垂老，如此风烟我再来"，两句极好！李长吉的七律，长在雕炼，却嫌太结实，黎简有此特点。但这两句却写得十分跌宕。一般说，五律结实些还可以，但七律结实了就不好。"几个游人非断梗？是何名岳入边垓？""名岳"，指昆仑山，在南宁东北。南宁有"十万大山"较著名。"罗浮"，在广东博罗，"故乡倘有罗浮月，可许幽辉满镜台？"，怀念妻子。此句若易"幽"为"清"，则更妙契老杜"清辉玉臂寒"句。

《望仙坡最高楼》，全诗十分跌宕："在眼山川故国情，昆仑寒翠古邕城。短长道路供离别，少壮交游半死生。云色黄茅秋瘴尽，沙光碧玉暮江清。平安郡邑南征后，偶问途人不说兵。"

末二句言和平气象；颔联有着落，指清对缅战争。黄培芳《香石诗话》卷二评颔联："一句数层，极顿挫之致。"

《客楼》五律："天地兹楼迥，风波客子心。""天地""风波"，此等为老杜做法，明七子演成空腔板。但二樵此诗写得极好。"瘴江千里黑，边角五更深。身稳几无梦，年荒欲废吟。家山与穷塞，相寄食难音。""同光体"诗人不多为此等"乾坤""天地"之类壮阔之句。此诗前四句不好，五、六两句好，"年荒欲废吟"尤佳，"食难音"，谓衣食困难的音信。

《歌节》二首，其一较有神韵。"蜡髻蛮姬斗歌处，四山纯碧木棉红"两句，有渔洋味道。《武缘县斋》二首，清秀之作，有王、孟韵。其一"虚堂吾独宿，空翠入墙头。似我花村夜，满衾松月秋"四句极好，后四句"酒欢悲醒客，梦断续离愁。欲晓闻山雨，榕根涨不流"，于平淡中见雕炼。《高峰隘》，作得极好，表现出黎简特色。"高峰双壁路，一线袅悬空。马竭嘶云表，人来出石中。田青四月雨，天黑八蛮风。莫自悲行役，春天搅断蓬。"黎简诗炼到自然时最佳，否则便觉做作。《画鹰》，作得好，但仍袭上首，结尾吃力，雕炼得不自然，词不达意。"他时燕雀上，酸目见飞翻"——歌赞画中的鹰逼真，但使人难以把握。此诗可与杜甫《画鹰》比较来看：黎简诗写鹰好，但不见画，而杜则不然。《拟古意》"盗泉必不苦"，黎简诗常有好句，但整首俱精者少。《小园》，好诗："水影动深树，山光窥短墙。秋村黄叶瓦，一半入斜阳。幽竹如人静，寒花为我芳。小园宜小立，新月似新霜。"五律最后两句用对偶，不好。

　　黎简古风好为李长吉调子，掺一些韩愈的风格。姚燮也好李长吉，但姚本领大，气象万千，不似二樵句子很精，但较零落。如《寄黄药樵》，只"冰天苦月寒峥嵘"一句较佳。《横江词》，较好，但也跳不出唐人窠臼。唐人写"横江词"，李白最著名。《听吴客作吴歌》二首，较好，说明二樵从民歌中汲取营养。后来黄公度亦如此。其前面还有屈翁山，作《广东新语》，说明向民歌学习是岭南诗人的传统特点。二樵这两首吴歌作得很好，几乎看不出是黎简的诗，很有韵味，神韵悠长。其一："千里东风长绿芜，江南春似广州无？一般冷雨萧萧夜，不独伤心为鹧鸪！"其二："吴女吴声作短讴，水风荷叶送归舟。一时怅望无寻处，月照松陵江水流。"《村饮》，七言律，写得很自然，不造作。"谷丝久倍寻常价，父老休谈少壮年"两句，反映乾隆时广东物价涨的状况，"休"表达了诗人愤慨，用得极好。雍、乾时文字狱盛行，嘉、道时较缓。这诗感慨、情调、景色均自然，不吃力。《郭外》，较好，写珠江地区久旱不雨，生活艰难。《水帘洞》，前两句即极凝练，全诗句句凝练，"云水"，佛教语，"云水僧"，千山万水。

　　要注意袁枚一派诗人在人们眼中的看法，袁枚对钱载的看法，以及姚鼐对黄仲则的看法。黎简佩服黄仲则，而黎简、黄仲则诗风不同，为何如此？可深入思考。

　　吴梅村本可以不出仕，钱谦益必须出仕，而且还是带头出仕。梅村不出仕却不会导致杀头，他是可以做遗民的。钱牧斋出而复退，参加抗清工作，而梅村无抗清活动。梅村《矾清湖》以第三者口吻来写，看不出他的态度。梅村态度暧昧，恭维清廷，钱谦益恭维地方长官，这些人，即他所恭维的人，都与他有世交关系，而且是做反清工作的，所谓"蒙叟通海"，当时大家都知道，地方官当然也知道。梅村作诗骂郑成功，站在清统治者立场上，他完全没有必要作这些诗。梅村诗称诗史，反对农民起义可不计较。钱谦益《初学集》里已经有反清的诗作，而梅村就没有。梅村《圆圆曲》刺吴三桂，主旨在"冲冠一怒为红颜"，而无反清思想，赞扬陈圆圆。主题为：吴三桂不要得意，富贵无常。这首诗不可算为爱国诗。

《四月二日》，此诗《五百四峰堂集》不选。诗写吏胥欺诈百姓，放在注重山水诗的黎简集子里，就凸显了。我怀疑此诗"吁嗟尔小民，还家不饱从皇天"句，其上或其下有挖掉的字句，韵不对，也连不起来，可能有犯忌之句，被删掉了。《夜还》诗较好，"村舍泥花夕，夜还成早归"。《画山水歌寄何勤良》，七言古体，从蘀石而来。首两句"病起卧过九十日，一日碧尽湖上山"好，次两句逊色，但古诗不可句句均佳，正是大家手笔。五、六两句"波涛西来山东走，气与我笔争巘岘"写得好。结尾四句"断猿不可听，白云如可攀。观余画者止于此，此外惟有诗句错杂题青天"，参差长句，也是蘀石笔法。《浴日亭观雨》"万涛趋一亭"句最佳，但末句"咸潮看浴星"模糊。

《野堂》，凝练而不吃力。首联"山海容归兴，波涛展野堂"，"容""展"二字极佳，常人难以想到。"潮增夜天白，树合晚云黄。残芰骚人服，寒花饥客粮。频年计衣食，无地话农桑。"《田中歌》，同情人民疾苦之作。《忆郭山人》，虽吃力些，但写得较好。"郭山人"，郭适，字乐郊。颔联"碧畦卖菜门前雨，苍壁垂藤瓦背春"，较好。

《药房北行因之寄黄上舍仲则景仁》，五古长篇。黎简佩服钱载。钱箨石不代表乾、嘉诗风，只代表秀水派。性灵派代表乾、嘉诗风，其中一个人物，即黄仲则。袁、赵、蒋三家，蒋士铨写诗较正宗，黄是处于性灵派与蒋士铨之间的人物。谭献属明七子派，不佩服黄仲则。仲则诗代表下层失意知识分子的感情，人多说其为太白，实则也为韩愈，受李商隐影响，但也不是李商隐派。黄仲则学太白的两首《观潮行》并非最好的诗，而学昌黎的《恼花篇时寓法源寺》等更工。黄仲则诗有真性情，不会落到袁、赵的油腔滑调之中。鸦片战争前，影响大者，除性灵派外，就是黄仲则。这首诗可见出黎简对黄仲则的评价。黎简学钱箨石，主要重在诗的技巧；崇拜黄仲则，主要是命运生活上的共鸣。"药房"，指张锦芳，中举北行应试。"壮岁常不饱，此生谁与狂？"开头两句即好。"吁维百年来，新城剩秕糠"二句，评渔洋派在当时的情况。"得此手巨刃，为我摩天扬！君为天上谣，笙鹤空翱翔。众人仰而和，引声绝其吭。庶几闻钟鼓，和声奏陶唐。嗟予海隅士，三十犹面墙。"这是评价黄仲则，评价虽高，但契合身份，不可移之于其他人。此诗写得较自然、流畅、少雕琢。在思想上，黎简与黄仲则相通。

黎二樵七绝合我胃口者少，无神韵。《绝句》"青潮春草绿满野"，李长吉七绝调子，平仄不调，为拗调。

黎简诗最好的是五言古诗。《巨雨飘我书籍作》五古，题目不通。雨天所谓"巨"，"飘"乃是风。诗有些好句子："公然逼书床，乱湿我书帙。"但全篇不够好。《答同学问仆诗》，这首诗重要，诗也作得好。"简也于为诗，刻意轧新响"，表明自己为诗态度；"一世取自毕，千秋敢延想"，为艺术毕生追求，十分自信；"方寸抱冰雪，万里在俯仰"，二句极佳。全诗紧凑，音调、意思均极好。《残灯》写情怀，但表现吃力。《寄上元朱征君》，作得好，有些黄仲则味道。"上元"，南京；朱征君，朱照邻。黄仲则有一首情调类似的诗，末句为"白门烟柳晚萧萧"。此诗题是《金陵别邵大仲游》。《昨梦李昌谷弹琴》，全用李贺调子。《度曲》，黄仲则风格，诗写得较为动宕。《忆鼎湖示升父》，写景，七星岩。《林以善画鹰》，写得好。林以善，明代画家。

宋湘，比黎简小十岁。黎简早年在广西。宋湘家庭环境较差，后在外，生活面较广阔。黎简诗重雕刻，宋湘诗虽也千锤万炼，但不见痕迹。我认为，宋湘较黎简为高一筹。宋湘论诗宗旨与袁枚有共同处，讲自然，讲性灵，不同在于雅俗之别，在风格上也不同。两人无来往。其《说诗八首》为其论诗绝句。《浙西六家诗钞》，选袁枚一诗，"春风如贵客"，此一句即"浊气",而"春风取花去,酬我以清阴"则很好。宋湘写性灵,风格高超,出自其人品。关心人民,这类诗并非其艺术水平最高者,最高者为学李太白风格之诗。

宋湘《说诗八首》其一:"三百诗人岂有师,都成绝唱沁心脾。今人不讲源头水,只问支流派是谁?"此诗包含两层意思:"源头水"一是《诗经》,二是生活。其二:"涂脂傅粉画长眉,按拍循腔疾复迟。学过邯郸多少步,可怜挨户卖歌儿。"嘲笑模仿者。这种理论显然对以后黄遵宪影响很大。如《人境庐诗草》中《武清道中作五首》其四"中妇乞钱号"句,脱于宋湘"乞钱中妇踞,贱卖小儿号"诗句;其五"劳劳同一叹"句,脱于宋湘"有田同一叹"诗句。对此,我作笺注均一一以宋湘诗句注出。黄公度《山歌》前的一段话,所谓"人籁""天籁"之说,可与宋湘这两诗相参。其五:"学韩学杜学髯苏,自是排场与众殊。若使自家无曲子,等闲铙鼓与笙竽。"意与上首同。其八:"读书万卷真须破,念佛千声好是空。多少英雄齐下泪,一生缠死笔头中!"严沧浪称"诗有别材,非关书也;诗有别趣,非关学也","别趣"即指美感,这话是有些道理的。"神韵""境界",都是属于"别趣"范围。读书的作用是要达到妙悟的境界,即"念佛千声好是空"。这八首诗应该综合起来看。

黎简凝练,宋湘轻松。《小圃四绝句》其二:"客中寸土不易得,屋角墙根皆莳花。连日雨多藤蔓死,篱头再补及秋瓜。"首句平仄不调,全诗自然朴素,学山谷拗调,而山谷又自杜甫来，但山谷并非全部吸收了杜甫朴素自然的生活情调。《山斋秋夜四首》其三用杜甫平易的五律，但很有转折。"不寝非关冷，何悲亦为秋"，用"亦"字，意思就有了两层："悲"为秋，又不只是为秋。我曾作"隔年间隔九重天"句。陈石遗喜欢句子深入转变，自杨万里来，但我更喜欢神韵。上句"间"字我原作为"如"，后冯先生为改成"间"，味道就丰富了。颔联两句"井栏鸣斗叶，帘角入牵牛"平了些；颈联"书剑怜生计，江湖感昔游"，杜甫面孔；尾联"披衣行更坐，风露一萤流"，末句嫌小，收不住全诗。《健马篇》，用乐府调写，但笔力千钧，我较为喜欢。句子参差，口语化，这种写法，使"健马""老马"两种马重复对照，复吟复唱，很有创造性。《煮瓜三首》其三："伐檀伐檀河之干……"全诗一层一转，结构不是平铺直叙，调子是杜甫的《天育骠骑歌》。《秋阴三绝句》其一："秋阴如梦不思醒，暮雨朝风亦自停。园里菊英三百本，争人瘦影入虚棂。"脱化李清照"人比黄花瘦"词境，但主体是菊，构思奇特而有来历。

《人皆议少陵绝句为短予以少陵自不肯为人之所长若夫古今派别焉可诬也杜自云法自儒家有心从弱岁疲或辄以别调目之是可异已作二绝句》其一："岂果开元、天宝间，文章司命付梨园？诸公自有旗亭见，不爱田家老瓦盆。"杜甫绝句不肯学别人，若与别人一路，则难以超越。章学诚论古代学术派别的方法，对后代有启发。刘申叔关于论古代学术的著作中，以及文廷式书中，都有如此对文学流派的分辩。如杜甫为儒家，李白为道家。"诸公自有旗亭见"，别人自有对旗亭斗唱的见解——艺人一般的见识。"田家老瓦盆"——杜甫诗。其二：:"满眼余波为绮丽，少陵家法必风骚。千秋尚有昌黎老，流出昆仑第二条。"此首极推崇杜甫，亦赞扬韩昌黎，但昌黎难以和杜甫比，因其七绝少。昌黎七绝语言泼辣。诗有写得比较细腻的，如"草色遥看近却无"；也有写得很有气概的。韩愈七绝，花样多，但总的精神，是继承杜甫。这两首诗陈石遗《石遗室诗话》中引述，证明石遗对七绝的观点。元代杨铁崖竹枝词，亦为此类七绝拗调。此后无人，故宋湘之见解就很突出。

《支离四首》其三，可见出宋湘早期对待贫困生活的态度，与孟郊不一样。近体诗最反对平铺，而要有转折。一句中要有，全篇要有。首联"久客名何在？奇穷骨奈骄"，表现出骨气，"奈"字用得好，本不想骄，但骨却无奈何，要骄。颔联"百思唯睡好，一枕得春饶"，写得自然，想来想去，人生中只有睡觉好，"得春饶"，"饶"是多的意思，而不应解作宽容。颈联"惜字留残刺，倾家赎敝貂"，珍惜自己的名字，不肯随便将其授人，总握在手里，故曰"残刺"。"倾家"句，申前面"奇穷"句意。"貂"，用典用韵，不可拘泥。末联"天寒日更短，庭树亦萧萧"，末句不泥于题，超开一步，名曰"出场"。唐人作试帖诗考试，对诗的结构很讲究，要扣题。钱起的《湘灵鼓瑟》，尾联"曲终人不见，江上数峰青"，末句即出场。这首诗，"庭树亦萧萧"，既粘题，也是出场。

简学斋诗，石遗列为平易一派的代表。陈沆死于鸦片战争，不属今天所说的近代。陈沆即是著名试帖诗专家。吴锡麒亦是，有《有正味斋集》。《十家诗钞》，即是十家试帖诗集，其中有陈沆一家。我祖父钱振伦诗作不佳，但擅长试帖诗。有清一代，写试帖诗的人很多，文人士子要以此考试，试帖诗应该是诗歌研究中的一类。近体诗多多少少受到试帖诗影响，好处是有章法。

《又闻》："每到人声定，长空又雁声。一年秋几夜，万里月孤明。作客原无赖，浮生复尔情。独怜来去易，偏挟羽毛轻。"其中"作客原无赖"的"无赖"，当解作"无聊"，今人多解错。过去有"无聊赖"之语。《晓起对雪三首》，我不喜欢，写得不好。

鸦片战争诗歌不是近代诗的代表。近代诗歌的代表，首先要有理论上的标新，故黄公度等以下，理论上提倡"别创诗界"等，不同于以前，有了新东西。在这时，西方资本主义已有发展。鸦片战争时，还谈不上瓜分中国，是通商。从甲午战争开始，瓜分形势才日益为盛。标志近代特色的，是近代后期，而非前期。鸦片战争诗人，均认为前代诗人不可逾越，都向往前代诗人。即如龚自珍亦推重前人，如舒铁云、彭兆荪等。张亨甫诗文全部向往过去，文章自诩桐城。姚燮能通戏曲、小说，在诗歌主观认识上，并无新的理论，仍以学古为路径。鸦片战争诗人，包括一流者，均谈不上开创近代诗，龚自珍较例外。因此，近代诗的发展,必须要到黄遵宪时代。其时已发展到垄断资本主义时代,特别表现在甲午战争诗上,是救亡图存。黄遵宪不同于过去,在于能脱离忠君看问题,主张变法,从制度本身改革。他反映现实,又在继承上达到相当艺术水平。"诗界革命"标志了近代诗歌的特点,而这一点,又同世界形势相联系,即资本主义发展到垄断,开始瓜分中国。庚子时代,美国人提出门户开放、利益均沾,也是瓜分。古诗到五四运动至少是终结了,虽仍有人在写,但已不是主要形式。新诗登台。现今的白话诗,古诗词功力差,不能创新。单纯从爱国角度讲,可以说自鸦片战争始,但仍属旧爱国诗范围。自公度始,要变法。

宋湘《与人论东坡诗二首》,主张与其论诗绝句一样,但角度不一样。其一:"纵不前贤畏后生,名山胜水本无形。唐翻晋案颜家帖,几首唐诗守六经?"书法有"北碑南帖",阮元有《北碑南帖论》。学文学史者,应看这类东西。"几首唐诗守六经",出于前人而不拘于前人。正如陈石遗说,宋诗出于唐人,但又力破余地。沈曾植认为是"开埠头,创世界"之本领。这两人见解似同而实异。继承不能单纯是继承,而须发展。

《家园杂忆四十韵》,可理解宋湘早年生活,其家乡情况,写得轻松生动,来源于杜诗《秋日夔府咏怀奉寄郑监、李宾客一百韵》,写夔府景色较多。以后写这一类诗者,多仿此。后来写此类诗较为好的,有钱牧斋《哭稼轩留守》。《湖居十首》其二:"藤菜家家足,山茶户户储。门生时致酒,邻父或投鱼。诗半闻钟后，行多过雨初。江湖真满地，风月自吾庐。"是写当前景色。其六"夜雨湖沙没"，其七"洒洒两湖风"，其中"蝴蝶屋如蓬"句很好。《登合江楼即用东坡先生寓居韵》，写得好，学东坡像东坡。《与黄塘寺僧》"寺前春即院前春"句调子，似白香山"东街水流西山水，南山云接北山云"诸句调子。用此调作诗，何绍基有之，"后山转出见前山"等。郑子尹《巢经巢诗》里有之，"昨宵蚤会今宵蚤，前路蝇迎后路蝇"，极难写的景色，写得极妙，这就是创新，这就是本领。《永福寺》开头"十日湖上游，不知山里寺。稍闻烟外钟，始蹑归僧至"四句，来自东坡。写诗不可全首均写得密不通风。末句"绮语惭难弃"中"绮语"，周注《宋湘诗选》虽非全错，但不全对。"绮语"，通过一种歌唱，表达一种多余的话？"依舞而发歌词，谓之绮语。"佛语解说，要用唐玄奘之解说，是为标准。天台宗《妙法莲华经》，鸠摩罗什译，对中国文人影响很大。龚自珍学佛，属天台宗一派，诗里固然有一些，更多地在他的文章里。天台宗以《法华经》为主，《楞严经》为中国人伪造，脱自《法华经》。《浴风阁秋夜二首》之一，二联"堤深笼树直，山远贴天圆"，写得自然精妙。《西湖棹歌》十首，黄遵宪喜爱，他在日本作的《不忍池晚游诗》即脱胎于此。《岁暮典衣见却四首》，可见其生活状况。《湖居后十首》，写得好，石遗喜之。《木棉花二首》，是宋湘七律中最突出的作品，最能代表其七律风格。其二："历落嵌崎可笑身，赤腾腾气独精神。祝融以德火其木，雷电成章天始春。要对此花须壮士,即谈芳绪亦佳人。不然闲向江干老,未肯沿街卖一缗!"颔联二句调子为宋湘独创,颈联写得轻松,末两句更了不得,写出宋湘身份:我既非壮士,亦非佳人,只是一书生耳!但我有自己的品格。表现了作者之人格与诗格,与袁子才一路不同。黄遵宪好掉书袋,七言律用典贴切。宋湘不用典,像这首木棉花,是真本领。《柳生》,有民歌风味,写得好,有独创性。《春郊》,轻松得很。《黄塘村晚》,拗体而又非山谷体,又是一种格调。《盂兰词》,好。《咏荆卿》,是宋湘诗里下乘之作。"酒行可起直须起,不唱一声行路难",学唐人"花开堪折直须折"句式。《查大理淳家藏谢文节桥亭卜卦砚嘱余为诗》,为其七律中上乘之作。八句一气盘旋呵成,极是跌宕,但不是最能显示其特点的作品。《见张船山归田诗卷因次其韵》四首,可见出他对张船山的推慕。"世无李杜千秋业,人有江河万古情",极佳!《五忆诗》诗集不载,由故宫明清人书札中抄出,其中有忆黎二樵一首。

宋湘集外诗文,有侯过搜辑《红杏山房集外集》,见《侯过诗选》附录。《小罗浮山馆诗钞跋冯敏昌,号鱼山》,见出交游及诗学意向。《送张船山前辈出守莱州即次留别元韵》其一:"九月霜桥马首东,芦沟帽影侧西风。西山不识人离别,照旧斜阳红树中。"其二:"等身著作几曾贫,蜗角功名泰岱尘。当日改官先已错,而今何铁铸诗人。先生由翰林改御史时,余力阻之,故云。"其三:"莫更支离歧路间,相看都已半衰颜。文章政事皆千古,一雪莲壶是画山。"其四："东莱立马烂先生,犹胜冯唐老署郎。定把诗书销霜气,不妨海水旧苍茫。"其五："惟有英雄智勇沉,蓬莱甚浅酒杯深。诗人自有诗家法,得失千秋一片心。"其六："忘年十载此长安,阅尽荣华耐尽寒。我是何人须是我,真诗莫与外人看。年来不甚作诗,即有之亦随手散去,不留稿或半不起稿,漫兴而已。此付阿昆孝廉侄收之,亦无甚得意之作也。庚午八月芷湾记。"这组诗后面还有潘飞声、侯过两人记。《与友人谈宋诗有感作》："文人心事百磨砻,一代成名亦苦衷。好句到唐都写尽,新诗后世合翻空。少陵家法精文选,太白雄篇数古风。山谷东坡应识得,只非刘项莫雌雄。"《小罗浮山馆诗钞跋冯敏昌,号鱼山》一文,说明宋湘对广东前辈诗人的恭维。冯敏昌是与黎简齐名的岭南诗人。《五忆诗》中忆"黎二樵"首应注意："黎黄张吕齐名士,无过倾心病二樵。碧海人家自楼阁,秋山月夜一兰苕。诗才近鬼胎谁夺,骨相非侯隐岂招?何事枕边唯药物,半生消渴不曾饶。""消渴",一般解为肺热病,过去指糖尿病。《河南道中书事感怀五首》,同情人民疾苦,较好。"十日河南路"首、"亦知死不远"首中"道殣无人哭,春犁有梦操"、"昨过古昆阳"首,俱好。黄遵宪模仿宋湘,但黄作注重表面,不如宋作雅而情深。《鹦鹉洲》中"从古异才无达命,惜君多难不低头",概括了卓绝之士的普遍命运。《嘉鱼江上怀马秋药前辈履泰、汪浣云侍御梅鼎、笪绳斋孝廉立枢,皆诗画妙手也》,拗调七律。《舟泊岳阳郭外》,一气贯下,极好。《舟中读范文正公岳阳楼记》,议论,但不深刻。《入洞庭》，较前两首更好。用崔颢"昔人已乘黄鹤去"等句意思，大笔淋漓："客自长江入洞庭，长江回首已冥冥。湖中之水大何许？湖上君山终古青。深夜有神觞正则，孤舟无酒酹湘灵。"此为七律中见其艺术特色的作品。《游君山》："君山一点似湖云，略比湖云青几分。沧海割来蓬岛股，清湘拖到练光裙。岳阳城郭中流见，黄帝笙钟上界闻。说与少陵应我健，真提邛竹入苍雯。"写得好。《贵州飞云洞题壁》，极好。"我与青山是旧游，青山能识旧人不？一般九月秋红叶，两个三年客白头。天上紫霞原幻相，路边泉水亦清流。无心出岫凭谁语，僧自撞钟风满楼。"

《题昆明池大观楼壁二首》之一："江山到处我题诗。"宋湘诗不仅影响了黄遵宪，也影响了丘逢甲，末句"遍传骑象戴花儿"，丘逢甲之《将之南洋留别亲友》八首中有"箧有中朝新乐府，遍传骑象戴花儿"句，可见其对宋湘诗的热爱。这类小问题，集合起来就是大问题，说明宋湘对"诗界革命"两大家都有影响。单就七律艺术看，黄遵宪、丘逢甲之作均不及宋湘，两家未能达到宋湘水平。丘之七律，变化于杜甫，长于组诗，二人擅长用典。宋湘七律则非杜甫传统，而是从李白那里来一个翻新。《买鱼叹并序》，长短句，独创性强。《重题云安寺茶花二首》之二"神仙无醉亦无醒"，写得了不起，十分壮美，可与《木棉花》参看。这首诗咏物，其实花中有人，就是作者本人的写照。《忆少年七首》，稍微写得滑一些。"受书十日九逃学，恨不先生命牧牛"一联极好，有情态。

宋湘生于乾隆二十一年 (1756)，在乾隆时代生活了四十年，死于道光六年 (1826)，所以宋湘主要是乾、嘉时代诗人。

陈沆《简学斋诗存》。陈石遗分诗为清微淡远与古奥两流派。这种分法一般可以，但仔细追寻起来则未尽其然。陈沆被列为清微淡远一派，而简学斋诗中，这类诗只占少数。郑珍被划为古奥一派，郑珍确实有些诗如此，但数量充其量也只占一半，而另一半诗则杜甫、白香山路数，十分明晓。其诗冷僻字有，但不完全是他的代表，代表郑珍诗的是平淡一类，而非奥衍一路。奥衍一路何绍基也有，这是当时的一种风气。石遗先生如此分别流派，均不全面。平易近人应以郑珍为标准，而不应是简学斋诗。平易近人不仅只王、孟、韦、柳一路。不用典，易懂，这一类诗大多为小家。即王、孟、韦、柳，也不相同。图书馆有一部陈秋舫手写诗稿，与魏默深合印，有魏源、龚自珍等人评语。

李白作诗，一开头为古风。秋舫诗开头以古风《杂诗》开头。"晋掾三语存"，晋朝人讲学问，只讲精神。《世说新语》：有人问佛学、道家一样不一样，回答为三个字："将乎同？"回答得十分模糊。这种似是而非的态度，胡适之历来反对。皇侃《论语义疏》中国早已失传，流到日本，后清末人从日本传抄回来。此书梁武帝时作，梁武帝时已始三教合一。到《世说新语》时，三教合一，故有"将无同"之说。牧斋佩服。唐以后三教合一更为明显。《论语》注有三派，何晏一派注，齐梁时皇侃《论语义疏》为一派，第三派为朱子《四书》里对《论语》的注，前两者为道、佛，朱子为儒家眼光，融佛、道入儒学。以训诂注《论语》，为清末代刘氏，《四部备要》收之，为汉学家之注。沈曾植对皇侃《论语义疏》与朱子注，认为在不同时代、不同背景关系中产生——"时节因缘"。总之认为两书的区别，在不同时代有不同时代背景，故"以出世法观之，良无一无异也"，"将无同"，要以佛教"出世法"来理解。如果这一切时代区别均不计，还有何区别？王国维了不起，研究《红楼梦》，只要看他的文章就知道了。释迦牟尼解脱否？都未必。但贾宝玉委实是解脱了，出家做和尚，什么都不要了。胡适之等人考证，没多少道理。我过去研究佛学，是为了掌握知识。而到晚年，却有些看破，一切皆空了。高鹗续《红楼梦》，大团圆喜剧结局。静安论《红楼梦》，主要是西方思想，主要是唯心主义。但唯心主义未可厚非，唯心主义就是有味道，真正的唯物主义是毛主席所讲的"实践是检验真理的唯一标准"。真理无止境，不断发展，要不断检验、纠正。

陈沆有些句子，看似平淡，实则千锤百炼。《杂诗》其一"拙速输巧迟，真简胜伪繁"，就表达了这一重意思，即要天然，要真。"真简"，真正的简约。其二"步兵逢人哭"首，老、庄处世之道，即"唾面自干"。"奇祸由自召"，若有"唾面自干"的处世态度，则不会招祸。以上两诗句子很易懂，意思很深，并非王、孟一派。《铁佛寺一笠亭晚归》，写得很好。《长歌赠毛秀才青垣_{国翰}》，写得极有气派，有李白风味。其中"忽然而来有如秋涛万里行……"句，极被魏默深佩服。这首长篇古风"吁嗟大雅忽不作"句，用李白"大雅久不作"句。"愿以此事归性情"句中之"性情"，是儒家性情。《有感》，感于"闻广东荒歉，海寇未平"。《苗刀歌》，写得好。《夜抵刘山人家》，属正面代表王、孟、韦、柳派风格的作品，近孟浩然。

《苗刀歌》之所以好，在于写得清新，最终点出主题，是白香山新乐府做法。词一般不点出来。梅圣俞"状难写之景，如在目前，含不尽之意，见于言外"，即"不着一字，尽得风流""羚羊挂角，无迹可求"之谓。"肠断白蘋洲"之词，前四句极好，而最后这句将意写穿，便少了味道。苏、辛豪放词，是另一种写法，将感情一泻无余。杜诗中，有的也将意思说穿，如《自奉先县赴京咏怀五百字》《北征》等；也有的不将意思说穿，如《哀江头》《哀王孙》等。黎简有《刀歌》。黎简死于嘉庆四年（1799），陈沆写《苗刀歌》在嘉庆十五年（1810），去黎简死有十一年。黎简《刀歌》写得极好，以正面描写而传神、跌宕。陈沆诗是年轻时所作，但一板三眼。

《次兰阳》，兰阳即今兰考县。"人烟开夕照，草木带河声。沙软便车路，堤高过县城。官程南北凑，水道古今争。到此乡心动，今宵有梦成。"《渡河遇相识寄家书》，极好。"尔到长沙去，平安寄两行。东风残夜月，逢我渡兰阳。"《送徐南墅归蕲水》,好诗。《枕中作》,"梦短心常觉,寒深气转清"两句好。《中秋洞庭泛月歌》,好诗。《九日登黄鹤楼》三、四句好。《孝感途中》,极好,有唐人风味。《卖儿女》,用香山精神而不袭其写法。以下有《狗食人》《吃草根》《逃饥荒》等,用香山精神而又均不在结尾加议论。《兰阳守风》,极好。《濮州途中》,较上首更佳。"燕子空坟语夕阳""偶有人言惊鬼答,翻从寇尽见兵忙"句,极好,是讽刺。《万寿寺七松歌》,极好,起首为东坡调子,但不及陈曾寿写松之作,极凝练。《出都诗六首》,好诗,"朝见太行青"一首最好。《兰阳渡》,乐府诗题,此从韩愈诗变化而出,运用乐府神韵而不袭其貌。不像明七子,句摹字拟。这样的乐府,金和写不出。简学斋诗的主要主题,为写个人生活与社会生活痛苦的两种乐府,都不是王、孟、韦、柳一派。将他列入此派,是把支流做了主流。《苦寒行》,不似韩愈、长吉,时见对偶句子,此写法梅村有之。

《登扬州城楼》,为其艺术、思想两方面最高之作品,反映了鸦片战争前经济中心情况,表现的是儒家思想。龚自珍诗内容、形式均为创新,开独到之境。正因为创新,其诗功力有不到之处。谭献薄其诗曰:"豪不就律,终非当家",有野气。将龚自珍之《咏史》与陈沆之作比较,就可看出此一特点。"牢盆狎客操全算"其所指可广可狭,广义指官僚,狭义指扬州盐商。他以议论为诗,以文为诗,但此句道理未讲清,未置可否。而陈沆《登扬州城楼》指出鸦片战争前后经济的衰退,表面的盛世，出现了残余之象。诗用典契牢扬州，一开篇就形象地写出了萧条的气象。"只今明月一分无"句，活用典，极佳。唐人有"天下三分明月夜，二分无赖是扬州"句。"乐岁东南困转输"句，在对比中议论，极佳。末用董仲舒"不谋其利，明其道，不计其功"之说，表现了较强的儒家思想。这首诗极好，要超过许多前代大家。

陈沆诗不多，但质量高。他年纪较轻，寿命短，倘使寿长，经过鸦片战争、太平天国，其诗必将更有成就。陈沆诗反映的是社会问题，有诗史之内容，诗人宏伟的抱负在于时代的见证，历史的见证，而不是个人。这才是诗的主流。小说亦如此。研究《红楼梦》，将曹雪芹个人搞得那么钻牛角尖。《红楼梦》一书反映的是历史社会，爱情是贯穿其中的一点。但仅以计算剥削状况看社会，亦不对。我佩服王静安对《红楼梦》的研究与看法。高鹗续书，扭曲原作"白茫茫大地真干净"之语。

之 五

郑珍《巢经巢诗》。儒家思想，近代宋诗派极推重他。我早年也崇拜郑子尹，现在看，他的诗中艺术诗较高，但意境较窄。因生活足迹拘束之故，郑珍多写个人家庭、师友等，当然也有反映社会现实之作。后贵州苗民起义，郑珍在诗中一味丑化苗民形象，这一点不如金和。金和写太平天国事，客观上反映了清军镇压人民的情况。而郑珍反对苗民起义，未反映出反动军队对人民的迫害。他的诗以功力深湛为特色，与金和的粗放不同，也与后来"诗界革命"诸人气魄大不同。这些人都出过洋，而郑珍昧于一隅。我过去认为，清代诗以郑珍为第一，这个观点现在看来是不正确的。但就诗歌转变看，子尹确乎有功。龚定盦亦创新，但功力不够，蛮干。而郑子尹较为正统，融韩愈、白香山为一而创新。他的创新是真正的创新，即所谓继承而发展。后来"同光体"许多诗人，在继承与发展上，还达不到郑子尹的水平。

郑子尹的诗集，有十几种。最全的是《郑子尹丛书》，其中只有一部年谱未收,校图书馆藏。郑子尹家族同我舅公翁同书有些关系。翁在贵州为官时,曾与郑子尹一家有来往关系。清末我姨丈做广东布政使时刻郑的诗作,故我从小就看到郑子尹诗。但小时看不出好,后看到胡先骕、陈石遗对郑推崇,亦觉其好,写《近代诗评》推为第一,发表在《学衡》杂志。"同光体"闽派诗人推崇郑子尹,而陈三立、沈曾植、袁昶诸人均未推崇过郑子尹。故可说,郑子尹被推崇是由闽派推崇起来的。

有人把宋诗派分陈沆为王、孟一派,郑子尹为佶屈聱牙一派,这种分法不全对。郑子尹诗固有奥衍一面,但并不能代表郑子尹主要方面,反倒是平易者居多。将郑归为奇诡一路是不对头的。沈曾植可谓奇诡之甚者。我最近发现"同光体"诗人均了不起。后人对龚自珍摇头者多,而我发现,沈曾植对龚自珍极为佩服。其《书龚定盦文集后》《龚自珍传》两文可为证。由此我方恍然有悟,沈曾植奇奇怪怪的诗风乃自龚自珍而来!我的《论同光体》一文,论沈曾植部分缺乏上述材料,论说有偏颇。王蘧常以前与我作诗,王极喜欢龚自珍。上两文,题目首见王蘧常《沈寐叟年谱》,文见《海日楼文集》。原稿送浙江博物馆,但已找不到。现《海日楼文集》为王蘧常据原稿手抄。《书龚定盦文集后》说:"才非盛世之所有也""定盦之才,数百年所仅有也。"《龚自珍传》说"所为文独造深峻,为一代雄","奇才名天下者,一为魏源,一为自珍"。黄仲则只写自己身世,要较龚自珍差一些。

梁启超刻本《巢经巢诗》前有一篇翁同书序,比较重要。主要精神说明郑子尹诗继承程恩泽等人。程恩泽做岭南主考官,出其门下有三人,最佳者为陈澧,学问很大,词学尤精。但这三人未能继承程恩泽传统。陈澧诗属钱箨石一派,而非金石学家诗。而能继承恩泽的当为郑子尹,这可从金石、古文等各方面说明之,所谓"要之,才从学出,情以性镕"。

研究一家之诀窍,首先要研究别人对他的题词、序跋。这里要有鉴别、选择。如姚梅伯,别人为其写的序,几占半本。序多者,大抵其作品无多少道理,以别人哄抬增价。我的诗,只请金松岑写过一篇序,而不再请人写。这篇序文记载了其诗学主张,这种序就很重要。序有导游的作用,依序而读作品,事半功倍。

郑子尹诗,莫友芝有《巢经巢诗钞序》。郑、莫同为贵州人,均有学问,二人齐名。但就诗来讲,莫不如郑。二人关系较密。后陈衍提出合学人之诗、诗人之诗的主张,意在纠正严沧浪之弊。莫友芝这篇序从学问角度讲诗:"圣门以诗教,而后儒者多不言。('温柔敦厚'是对写诗人的一种要求,不是诗本身,与诗反映的东西无关系。)遂起严羽'别材别趣,非关书理'之论。由之而弊竟出于浮薄不根,而流僻邪散之音作,而诗道荒矣。"

衡量诗歌,要看现实性。无论山水、恋情,只有与社会现实有关系,反映了时代社会者才为主流。写时代社会须有本领和独行的观察，而这些都需要学问。旧时代处理这些事的依据是儒家思想，儒家思想也讲实践，今天要扬弃其阶级性糟粕。有的糟粕部分，也有进步的历史作用，如忠君爱国。今天儒家思想仍需要，道德沦丧，就是缺儒家思想。外国人研究儒家思想，其中有些东西没有阶级性。孔子教育思想有很多好的东西。郑子尹是儒家思想的典型。分辨主流与非主流，即如此。

王静安《人间词话》很有道理，讲客观诗人必须多阅世，又云，处处写出东西要有我之色彩。主观诗人靠灵感，以我观物，处处有我之色彩。客观诗人，以物观物，物我两忘。这形成有我之境、无我之境。但主要应是客观诗人多加阅历，多增学问，善于观察现实，这是主流。王国维是喜欢主观诗人通过个性表现的，就是诗人的特色。所谓个性言者，不等于写个人，个性是诗艺必要的东西。写个人并不是写个性，要区别，分清楚。

郑子尹诗反映现实，以儒家思想为根据，阶级立场很分明。写家庭朋友来往等题材内容的作品，写得极好。这些诗，有他的个性在里面。我过去对郑子尹崇拜过甚。他居贵州一角，与世道联系不紧密。他的诗里，反映的多是已落后的生产工具。但他写家庭朋友，真情真性，是可以上接杜甫的，这类东西苏、陆、黄等人写不出。之所以如此，当然得之于天才，同时也是儒家诗教长期培养的结果。"温柔敦厚，诗教也"，在郑子尹诗里体现的是深切的。将山水景物诗作主流，是不对的。厉樊榭、姚燮大量写山水，仅为山水而山水，不见时代的影子。晚清高心夔、刘光第等人也是如此。再一种山水诗，有时代的影子。如丘逢甲写罗浮山的诗，首首有时代的影子。屈大均写罗浮山五言古诗，结尾处忍不住打一个时代的反清的印记在里面："虽无封禅书，名山望润泽。"用林逋《自作寿堂因书一绝以志之》中"茂陵他日求遗稿，犹喜曾无封禅书"两句诗意，表达不向清统治者屈节的心志。

子尹诗里山水诗不少，有的涉及经济问题。子尹好东坡、山谷、东野、韩愈、白香山等。这些人在其手里全部融会了。他亦喜好李长吉体，受到长吉影响。作为大家，所长往往不是单方面的。沈曾植不仅受龚自珍、浙派影响，也受到黎二樵的影响。二樵服膺钱载，钱载为浙派旗帜，也是沈曾植所向往的。而黎简诗又影响了秀水派，沈曾植也受二樵的影响，这有证据。沈曾植《海日楼诗》里有读黎二樵诗，说梦中背诵二樵诗。若非喜好，何能如此？见《梦中诵二樵句悲咽而寤即以起句》。说明二樵影响很大。陈三立一派之王崖集笔记中对二樵十分崇拜。

《巢经巢诗》卷一。《阑干曲》，明显受李长吉的影响，题目、调子、句子、章法都是李长吉。《芝女周岁》，写家庭感情，登峰造极。这才是好白话诗。《东湖》，拗调，写得明白、自然、清秀。《同黄小谷家达登双清亭》，前四句"奔山东南来，蜿蜒欲度水。资邵不相让，并力遏之止"，好极了。《浯溪游》，最能说明其诗为程恩泽、钱载调子，以文为诗。《郴之虫次程春海恩泽先生韵》，代表其佶屈聱牙一流。《留别程春海先生》，写得好，吟咏春海，即吟咏奥衍一派诗。气势造句都很特别，风格来自韩愈《送区弘南归》。显示了他同程恩泽的关系，也是对奥衍派的评价。《清浪滩》，写景极佳，文从字顺。《正月陪黎雪楼恂舅游碧霄洞》，写景最佳，极见本领，可与袁子才《游七星岩》比较。袁作也是好的，但油腔滑调。本诗中有受韩愈《南山》影响处。《晓行溪上喜而吟》，诗很好，题目不好，"喜而吟"，大可不必。《播州秧马歌并序》，写了那时的生产工具，极好。《山居夏日》，好！《夜起》，前四句"篱头老荍中夜鸣，淅淅飒飒如人行。开门风过月照地，竹根草脚皆虫声"，极好，由东坡诗变化而来。"开门风过月照地"由东坡"开门看雨月满湖"化用而成。《溪上水碓成》与《播州秧马歌》同好，均十分生动。

　　卷二。《才儿生去年四月十六少四十日一岁而殇埋之栀冈麓》，韩愈七绝格调。句亦脱自韩《去岁自刑部侍郎以罪贬潮州刺史乘驿赴任其后家亦谴逐小女道死殡之曾峰驿旁山下蒙恩还朝过其墓留题驿梁》。《垚湾夏瞑》，可见出王、孟、韦、柳的影响。《与柏容论画》及后面的《论书法》诗，皆可通之于写诗。《睡起》，有说理味道。《屋漏诗》，写得好，这诗难作。具体写屋漏，写得出神入化，押了险韵。此正所谓"状难写之景，如在目前"。《贵阳秋感》《阿卯晬日作》，均好。《玉蜀黍歌》，用奥衍笔法写来。《捕豺行》，也反映了官吏侵渔之状况。《留湘佩内妹》："欲归何事真无说，饮过昌蒲不汝留。算待明年方见汝，明年又识果来不？"四句句子，四层意思，极好！《山中杂诗四首》，其二好。《检外祖黎静圃安理府君文稿感成》，议论八股文。要认真读，注意其诗中的见解。《招张子佩璩》，表现了对六经的见解："世儒谈六经，孔子手删正。安知口所读，皆属康成定……俗士不读书，取便谈性命。开卷不识字，何缘见孔孟。颓波及前明，儒号多佛性。季世略稽古，小悟非大醒。绝学兴皇朝……"可见其经学主张。

卷三。《安化道中》，杜甫晚年此类作品较多。《晓登铜崖》《铜仁江舟中杂诗六首》，皆好。钱谦益、龚自珍、沈曾植，有清一代以文学家而精通佛学者，唯此三人。钱、龚所精皆中国佛学，钱与憨山大师有来往。龚所学的主要是天台宗。沈曾植调和于法性与法相宗之间。此外懂佛学者多矣，但皆非佛学研究者。《武陵烧书叹》，为郑珍平易风格诗之代表，句法皆由韩愈《寄卢仝》诗而来。"烘书之情何所似，有如老翁抚病子。心知元气不可复，但求无死斯足矣。书烧之时又何其？有如慈父怒啼儿，恨死掷去不回顾，徐徐复自摩抚之。此情自痴还自笑，心血既干转烦恼。上寿八十能几何？为尔所累何其多！"此诗写得极好，可全圈，以比喻手法写人。《公安》《松滋》两诗，反映水灾与官吏贪污。《元日石固》"并路牵衣儿有母，望乡遮眼树无雠"，两句极见凄凉。《邯郸》"少年老去才人嫁，独对春城看夕阳"，两句表现年年考不取之感慨。《汤阴谒岳祠》一诗，败笔之作。"怅望公生一洒泪，萧条雨歇独凭栏"，两句脱自杜甫句，却没写出名堂。《南阳道中》，写得较好。"林脚天光如野水,麦头风焰度晴沙。"《自沙洋步至黄家林就舟二十里村景佳绝》,好诗。《纲篱行》,这种题目难作,而作者写得极好,别人不曾写过。"以网作篱还诧目,苟且穷算得新创",全诗极精练,如在目前。《已过武陵》:"记我出都门,榆柳未知春。行得山水绿,望家如隔邻。隔邻未即到,人情觉已亲。……在远止知归,家近始念贫。预愁小儿女,不解谅苦辛。入门索包裹,恻恻伤吾仁。"将凄恻之心,写得极是深刻。《望乡吟》《追寄莫五北上》两诗,深得石遗爱赏,但我不觉其好在何处。《白水瀑布》,极好。但前四句为伧父调子,而后面"九龙浴佛雪照天,五剑挂壁霜冰山。美人乳花玉胸滑,神女佩戴珠囊翻……"确实好。《自毛口宿花垌》:"此道如读昌黎之文少陵诗,眼着一句见一句,未来都匪夷所思。"末句句法有钱箨石习气。《游清溪洞书石上二首》《之卑浙厂道中》,极好,娓娓动人。《读〈日知录〉》,可见作者经学交往及来源。"顾公宰相才,老得忠孝名。以言救天下,不期当时行。大连自秦来,治具几纷更。元元万古胸,利病如列星。传来二百年,考资丐儒生。或非著书意,掩卷三涕零。"乾、嘉学派得到的不是治国平天下之策,而只是考据。这首诗见解高超。《山行》,气概高,也可见出其经济见解。《厂山晚望》,写景好。《寄答莫五》,我不中意此诗,石遗选之。《人日嵩明道中》,二首极好,用山谷意境,而不用山谷语言。《次杨林晚望》,极好,句法独创。"马过一风抬路去,春归七日办花齐"两句,这就是宋诗调子,唐人难以为之。今人菲薄宋诗,此皆不懂诗也。太炎菲薄宋人，为了提倡汉魏；鲁迅非宋，是口不应心。他的诗格调高古，即似宋人。以下一组游昆明诗，较好。

卷四。《追和程春海先生橡茧十咏原韵》，有关农业生产。《行至静怀庄寄家》，神采好。《乡举与燕上中丞贺耦庚长龄先生》，见其馨香。《完末场卷，矮屋无聊，成诗数十韵，揭晓后因续成之》，写得真好，反映旧时代考场噱头。《出门十五日初作诗黔阳郭外三首》，代表作品之一。三首诗其二、其三最好。写这一类诗，江湜往往说尽，与江湜相比，郑珍写得也能活灵活现，但更加凝练。其二开首"策名公家言，其实止求食。一饱宁必官，吁嗟远行役"四句，一句一转。"梦醒觅娇儿，触手乃船壁"两句，深切生动，有生活的切身体会。《下滩》"前滩风雨来，后滩风雨过。滩滩若长舌，我舟为之唾"，极生动形象。《度岁澧州寄山中四首》其二"今宵此一身，计集几双泪"，与江湜比，极显凝练。而江湜表达同样意思，则倾筐倒箧，非说尽不可。《候涨退》，写得更好，"朝看水缩寸，暮看水缩寸"，极尽写水退之慢能事，有生活才能如此生动地描状出来。

卷五。《抄东野诗毕书后二首》，可见郑珍对孟郊之态度。其一"孰若孟为孟，尚抗韩之韩。始知作者心，千载同肺肝"，其二"长安千万花，世事难与同。一日即看尽，明日安不穷"，颇可注意。

卷六。《系哀四首》，写对母亲的悼念，极好。分别以和母亲生活有联系的《桂之树》《双枣树》《黄焦石》《苦竹林》四题写去，情真而意巧。《怀阳洞》，写得好。《吴公岭》，写山之奇特外，还可见出其经济思想。《飞云岩》，不及何绍基同题作品。《江边老叟诗》，极好，艺术性高，句法为宋诗调子，音节也极跌宕。

卷七。《赠赵晓峰》，写得动荡开合。《神鱼井》，写明代何忠诚。《论诗示诸生时代者将至》："言必是我言，字是古人字。"其论旨与黄公度有共同处。又说"气正斯有我，学赡乃相济"，作诗没学问不行，但作诗典故太多也不灵。此诗是他诗学主张的主要代表。

《与赵仲渔婿论书》①，以文为诗，虽论画法，但可通诗。

《巢经巢诗》后面一些乐府诗反映官吏压民，但不同于香山，无卒章显志之赘。后有些梅花诗也很好，用韩愈手法。其女儿死后纪念诗极好。总而言之，子尹诗境界不够开阔，但艺术性很高，有些作品，未必在杜、韩之下，但时代性不够强。

龚自珍诗。其《三别好诗》前面有小序，讲其诗学来源，说母亲从小给他谈吴梅村诗："以三者皆于慈母帐外灯前诵之，吴诗出口授，故尤缠绵于心；吾方壮而独游，每一吟此，宛然幼小依膝下时。"他的《汤海秋诗集序》，论清代诗，首推梅村。可见他对梅村的喜好。叫我看，梅村诗中弹词味很浓。研究龚

---

① 编按：《与赵仲渔婿论书》属后集卷三。

自珍，先要研究他的童年。在龚自珍诗中，讲到童心、童年之时很多，应予注意。他对童心极为重视，"童心"就是天真，即李贽所谓人之本心。现今人谈龚自珍诗，只云剑气箫心，浅薄之极。以箫心剑气论龚自珍，是表面的，其本质是"童心"，是"真"，因此他的学问，他的诗总是要谈童心。从诗人角度讲，一个伟大的诗人，早年必有根，必然讲真。童心大家均有，看是怎样对待童心。最近阅沈曾植文，有些受龚自珍影响。沈曾植也讲童心，但与龚自珍不一样，沈曾植对待童心，仅仅留念童年生活。沈曾植的《西湖杂诗》有句"童心凄不返"，而龚自珍讲"六九童心尚未消"。这是不同的。

龚自珍与普希金有共同点。普希金小时候也是深受母亲影响，对一生都有影响。龚自珍母亲是段玉裁的女儿，从小启发他。但龚自珍不佩服外公段玉裁，段玉裁与苏州顾千里不对头，而龚自珍写诗极称赞顾千里，捧其外公的论敌。段玉裁、王念孙等人，是典型的"著书都为稻粱谋"者。段玉裁只在文字等方面对龚自珍有影响，而在思想上，可以说两人是对立的。普希金、龚自珍在许多见解方面有一致处。二人生卒年亦相差无多，几乎生活于同一时期。普希金为贵族，但他反对贵族，歌唱自由。龚自珍不愿取得八品文官的地位，不为做官而拍马屁。龚自珍云"非将此骨媚公卿"，这是二人相同的地方。普希金与人决斗而死，龚自珍被满人投毒而死，即所谓"暴死"，二人亦同。二人异国，但竟有这许多偶合。莱蒙托夫从小无娘，但经常幻想做童年梦，拟之拜伦"我有一颗俄罗斯的心"。龚自珍可以说，有一颗中国的心。

今人读定盦诗未必都读通。如《咏史》，主要精神反映清廷两面政策造成的结果。"万重恩怨属名流"，"恩怨"在"怨"，清廷高压政策，知识分子对其"怨"是"名流"对清王朝的怨。"牢盆狎客"，均指统治阶级的帮闲，具体为扬州的盐商。"团扇才人"，非指宫中才人，否则"踞上游"说不通。"团扇才人"应指陈文述，有具体事可证。阮文达《笔谈》载，阮在杭州主持乡试，题曰"仿宋制团扇"，陈文述作出来，阮极赞赏之。先有约，谁作得好，就以仿宋团扇送之，陈得此团扇，号称"陈团扇"。杭州本无团扇，后才有团扇。在龚自珍看来，"团扇才人踞上游"，不过是风花雪月，是帮闲性质。末联"田横五百人安在，难道归来尽列侯"两句，"列侯"，诸家多有注错，不是说侯为"列侯"，裂土而封，通侯。两句揭示，不要上清廷的当。咸丰有遗诏，打败太平天国者封王，而曾国藩氏只被封为侯，不要说王，连公也未得封。

"落红不是无情物，化作春泥更护花。""春泥"，祖国大地也。此句也说尽了知识分子高尚的心声。"九州生气恃风雷，万马齐暗究可哀"，呼唤风雷的震荡，与《尊隐》山中"大音"可参。能够受龚自珍这种精神影响的，只有鲁迅——"于无声处听惊雷"。

蒋敦复将龚作改头换面，即为己作，这只学其皮毛。经学先生戴望,有杭州绝句四十首,此调钱锺书《谈艺录》谈及。宝应刘翰春诗也是这调子。思想上受龚自珍影响的,第一应该举谭嗣同,其诗"万物昭苏天地曙,要凭南岳一声雷",是真能在精神上继承龚的。以上均在诗的调子上与龚同,以后受龚定盫绝句精神影响的,梁启超看不大出,康有为有时抄抄龚句,但也不够显著。柳亚子等南社诗人极为好龚。黄人(摩西)精神调子,为龚一路。沈曾植也受过龚的影响,但思想上落后于时代,做遗老。太炎骂龚自珍,我看是偏见。龚自珍要歌唱自由,这一点与普希金一致。能够扩大这种精神,才是对龚自珍的真正继承。我小时候菲薄龚自珍,是受师兄王蘧常影响。其实王的诗亦有学龚处,而我受其骗。

江湜。材料较少,与郑珍同时。好宋诗与韩愈、孟东野。晚清宋诗派重要人物,一般将江湜与金和并列。但金和诗受小说等影响,不是宋诗一路,故不能并列。这里有一区别,郑珍进京几次赶考,交游尚够广阔,认识很多名人、学者,如程恩泽、贺长龄等,甚至通过莫友芝,令曾国藩亦知其名。何绍基更不消说,广识名流,二人皆为程春海的学生。莫友芝官不大,但长期居曾氏幕府,深受曾氏赏识,故广识名流。江湜一生,只认识二人:一为彭蕴章,官至大学士,彭为江表丈;另一为李联琇,官至侍郎。江湜论诗主创新,李为骈文家,主张用典,江曾辞去幕府,回苏州。李联琇写信给江湜,要其回来参加乡试,因二人论诗观念不对头,江湜不应允,江穷得有骨气。江一生认识名人少,得不到师友的切磋,其诗完全独创。这个条件很重要。同仁需要认识,当代文坛名人、领袖,总要有些交往、有些关系,不能孤陋寡闻,得到良师益友的启发帮助,这很重要。江湜诗中与人唱和交游不多,看不到其交游人物。他不在当时名流之中,很少有人知晓他。故他能有些创造,很了不起。另外,交游少,诗中壮阔宏大气少,乡下泥土气多。

江湜,字弢叔,别署龙湫院行者。苏州吴县人。为诗好孟郊、杨万里。具体说,古体好孟郊,七绝好杨万里。据我看,江湜的诗要胜过杨万里。但其缺点是,在内容上不够宏伟,似孟东野个人的凄苦。"平生参遍名家作,似为今时写此哀",写"哀"可谓江湜诗特点。在太平天国中,受尽流离颠沛之苦。金和骂太平天国,但江湜主要写自己的遭遇。谭献谓"哀语使人不欢,危语使人毛戴"。江湜反映人民疾苦之作极少,即《哀流民》亦不深刻。七绝不用典,杨万里之后,一人而已。陈石遗之评江湜,见《石遗室诗话》,与金和并之,但金诗不能与江湜比。江湜生前名气不显著,近代由郑孝胥、陈石遗捧起;南社林庚白亦推崇江湜诗,言语甚过;金松岑之评,较折中一些。

江湜《伏敔堂诗录》卷一。《咏怀二首》《哭从兄》,可圈点者。《论古五首》,也较有见解。《秋感二首》,极好。《晚登马鞍山》,也可以。《离思二首》,与孟郊句法极似,如"泛卧秋声中,渐能秋虫吟"。《同杨元洁白自姚家渡取道柴庄岭行米堆山下至西湾田家宿是夜仍乘月上长奇岭得诗四首》,写苏州风景极好，但不代表其主要特色。《潘功甫先生曾沂见赏拙诗赋呈二首》，好诗。《秋感七首》，孟东野格调。

卷二。风格已变，学古人少些。《吕城》，宋诗味道较足了，有江西派拗调。《清江浦二首》，已有后来味，但不及后作自然。《峄县有作》，其五古中，表现真情实感极突出。《南阳舟夜》，七古，有苏东坡味道。《寄顾洁》，也较有名。

卷三。《泛舟大明湖登历下亭遥望华不注》，其得意之作，是他学韩愈的代表作，连押韵都学韩愈。但据我看，这还不是江湜最好的诗。《岱庙》，较好。这是大题目，不大好作。《晨发敖阳车中得绝句三首》，明显表现出学杨万里风格，接近于他后来作诗的特点。《曲阜谒先师庙堂并观故宅敬赋五十韵》，大题目。其北行中，多作大题目。到福建去作的诗较好，最好的是绝句。《由江山至浦城雪后度越诸岭舆中得绝句九首》，由此开始，大量写旅途山水，极好。不用典，似白话。"一队行人栽下岭，有翁迎门卖麦饼。此翁作计倘如吾，早去踏山看雪景。"这是他极好的诗。"连宵雨霰苦纷纷，今上篮舆盼夕曛。万竹无声方受雪，乱山如梦不离云。"亦好。《黯淡滩》，写得虽好，但较郑子尹笔下的滩就逊色了。

卷四。《道中戏咏水碓》，与郑珍同题之作比较亦显稍逊。《旅夜不憀用孟郊体四首》，此题即使孟东野来写，亦不过如此。"百愁如百矢，无弦以心控。一发还射心，愁矢妙百中。噫嘻孤畸人，将灯与影共。有轮转离肠，无胶续断梦。饥鼠动承尘,讵能答短讽。"《题钟岩石壁是日闻故人沈山人刘彦冲同时下世》,此诗摆在宋湘集子里,也看不出。开头高起。

卷五。《李阳冰般若台篆》,大题目,不好写。《由福宁归至福州道中杂题五诗》,七律中的以拗调写风景,有特色,很生动。《难得》:"从人唾面娄师德,避客挥拳刘伯伦。难得萧斋成独坐,相看蛮树着浓春。"对比来看,与其写旅途的七绝又不相同了,写得较为凝练些。彭蕴章《题殁叔诗稿》,极推重江湜。《道中偶成》,三、四句有味道。

卷六。《村暮》,写景,无多少思想。《道中即事》,拗似山谷,内如皮、陆。《书意》,较好。《晓行颇寒偶作一诗连日次韵并录为四首》,中有佳句。《涧上》,"扑人多木气",句意新异。《挽舟岭三首》,"塞空"句好。《哀流民》,这类诗在他诗中较少。对流民同情,人道主义,杜甫"茅屋秋风"之类。《龙岩州除夕醉后赋长句三首时将赴漳泉诸郡》,三首诗首首好,写情深刻。如其一:"乱山环合龙岩州,锁门十日不出游。今朝独上城南楼,一望兮万峰起立入胸次,化为突兀磊魄之羁愁。归来对烛更凄绝,苦念明朝是元日。城头鼓角雄且哀,更闻一片春声来。千家爆竹如惊雷,火树焰焰烧成灰。此时主人醉我酒百杯,苍头行炙纷相催。羊腔鱼尾满案堆,众宾开口欢追陪。座前兰蕙庭前梅,灯烛照耀花争开。不知此中乐事为谁有?客泪多于主人酒。"《是晚雨势稍止山中云气可观》,好诗。《泉州》以下诸诗,可看出些土著风俗。《悯舆夫》,写得好,融同情与自疚表而出之，子美情怀。"自我历闽地，山雨亦饱经。三年费此辈，默省殊无名。有生寄大块，多以口累形。贤愚岂有别，同坐无田耕。幸有千铜钱，可沽酒数瓶。停舆问村肆，呼与同醉醒。"《病中三诗》，想象奇特，别人难以想出，口语化，白话诗。如其一："有鼠有鼠奏口技，声如河间姹女之数钱。自从二五成一十，以至十百累一千。清音历历来榻前，语鼠莫数钱。吾家积贫垂百年，灶神见惯厨无烟。自我之出走南北，流离仍傍穷途边。不见千里归来客装湿，装内唯多一雨笠。明朝卧听打门声，已是索子钱者雁行立。面丑词穷对之揖，剩欲鬻书倒书笈。噫嘻，进钱以左手，出之以右手。左手不如右手顺，钱如流水岂我有？况鼠数出不数进，准备饥寒啼八口。"

卷七。本卷和彦冲之作甚多。《读沈山人诗感赋》："八口只今计岂完，当时贫况有余酸。更怜诗里其人在，独可灯前与我看。吾道非耶良友尽，秋风起矣壮心寒。孰知广厦成虚愿，衾冷多年自少欢！"凄恻入骨。"沈山人"，够不上家数。严迪昌1962年写过文章[①]，介绍沈山人的诗文集。《彦冲画柳燕》："柳枝西出叶向东，此非画柳实画风。风无本质不上笔，巧借柳叶相形容。笔端造化有如此，真宰应嗔被驱使。君不见昔年三月春风时，杨柳方荣彦冲死，寿不若图中双燕子。"此题须契牢柳、燕，彦冲不在。前面言画，后言人。诗无多余，怀友之真

---

① 编按：严迪昌《清代江苏诗人沈谨学》，《江海学刊》1962（11）。

实感情自然流出。用真情而不用典。《寓斋即事》，反映现实，有道理。"客居华亭县，舍聊决囚厅。夜来响鞭朴，侧耳难为听……"《晚步至普照寺同金朴夫华》，七律中名篇，属正宗，与其他诗写法不同。"市声塞耳不能听，转入禅林取意行。寺破剩看残佛在，塔高留得夕阳明。与君短腊同为客，即日新交倍有情。更一徜徉可归去，寓斋分对两灯檠。"《寓斋杂诗五首》，与鸦片烟有关系。《近年》，名篇，表现得很自信。"近年手创一编诗，脱略前人某在斯。意匠已成新架屋，心花那傍旧开枝。漫愁位置无多地，未碍流传到后时。要向书坊陈起说，不须过虑代刊之。"《岁除日戏作二诗》，句句皆好，写清贫以幽默出之，饶有趣致。其一："庭角无梅座不春，门扉虽阖岂遮贫。晚来雪屐鸣深巷，半是吾家索债人。"其二："有人来算屋租钱，小住三间月二千。使屋如船撑得动，避喧应到太湖边。"

卷八。《读京报》，写人民苦难。《松郡城南地甚闲旷可散步》，写苏州城很有特色。《舟中二绝》，幽默。第二首更好，纯以灵感为之："我向西行风向东，心随风去到家中。凭风莫撼庭前树，恐被家人知阻风。"《岸旁》，以白描手段状岸边景色，活灵活现，俨然一幅风俗画。《雪亭邀余论诗即为韵语答之》，论诗诗。"由来技艺精，必自立于独。变古乃代雄，誓不为臣仆……"为独创精神之表述。《客夜不寐》："县斋僧寺偶同城，寒夜闻钟百八声。一杵一声无误打，是谁听得最分明！"

卷九。《昨梦一首》，此诗骂太平天国。他家人大多在太平军中遭难，故他当然会如此。但他大多数诗不是破口大骂，而此首是。《道中杂题四首》，小序很动人。《重至福州使院述事感怀五十韵》，写太平天国，有史料价值。《读小湖近诗》，小湖即李联琇，两人论诗观点不合，但这首诗很推崇李。《春朝试笔》，很好。"庙堂何策靖风尘，怅望江南有旅人。欲向故乡梅柳说，贼边且歇一年春。"《雨余》，乾、嘉时代调子。"好游心自喜山城，复此前山放午晴。溪水绿时真是酒，野花香得不知名。雨余一笠行还佩，风处单衫着更轻。便算为僧行脚去，何须归籍就诸生。"《题顾亭林生员论后》，表达出反对科举的思想。《道中忆旧仆沈用作四诗以酬昔劳》，真性真情之作。一、三首尤好。其三："沈用值馆斋，亦自肯勤力。晨起不裹头，洗砚急磨墨。使我作字多，笔势进一格。最喜拭几案，时能整书册。我慵彼习劳，资用独有益。他仆无事时，唯有饮酒癖。或昼卧如尸，一懒不供职。或日招徒党，摊钱开博席。沈用处众中，长醒而独默。侍我夜读书，虽倦无怨色。呼之仍响应，常若在我侧。所以终三年，未尝见呵责。"

　　卷十。《过朱子故里作》，有些见解。《山行得四绝句》，较好。《连夜月下有作并录三首》，皆好。《汀州古柏诗》，咏物而写得沉雄盘郁，末四句："神而祀之拜且禳，人间斤斧谁敢戕？造物用意非故常，志士沦落夫何伤。"笔力沉重。《上杭道中投驿舍避雨》："山雨横驱风入松，疾行偏与雨先逢。天流云气吞孤日，谷应雷声撼别峰。投避客舆人蠢蠢，骇崩驿屋势汹汹。

先生狂欲索高屐，走向灵湫看斗龙。"三、四两句尤好。《雨中》《城隅》皆好。《野兴六首》，好，特别后三首尤佳。

卷十一。《南台酒家题壁》，是他七律中最好的作品之一，写得十分庄重。"忽忽青春客里休，半生赢得一生愁。与人会饮从沉醉，是处无家且浪游。海气夜迷灯火市，江风凉入管弦秋。不知一枕羁人梦，更上谁家旧酒楼。"《小湖以诗见问戏答一首》，很重要，有意味，可以见出江弢叔的耿直，并见出其诗学观点，极有理论意思。诗云："江子喜作诗，李子辱问之。有问无不答，率尔陈其词。词曰诗者情而已，情不足者乃说理。理又不足征典故，虽得佳篇非正体。一切文字皆贵真，真情作诗感得人。后人有情亦被感，我情那不传千春？君诗恐是情不深，真气隔塞劳苦吟。何如学我作浅语，一使老妪皆知音。读上句时下句晓，读到全篇全了了。却仍百读不生厌，使人难学方见宝。此种诗以人合天，天机到得写一篇。写时却忆学时苦，寒窗灯火二十年。二十年学一日悟，乃得真境忘蹄筌。江子说诗未云足，李子掉头不心服。曰君之诗欠官样，只是山歌与村曲，让君独吟在空谷。"《柬小湖》《送小湖有作》，同前人。《述梦记元洁》："梦与屠元饮，走谒潘先生。途遇杨元洁，遂作三人行。元妙观西路，一直复一横。转过临顿里，乃造先生庭……"描写极是活灵活现。

卷十二。《五月二十日生一女》，真性真情之作，诗亦写得十分规范、正规。"中年心迹两沉沦，只望生儿救晚贫。得女他时翻是累,今生何事更如人?直愁诗卷无藏处,莫论饥驱不贷身。一段凄凉客中意,封书还去恼衰亲。"《夜抵杭州》:"潮痕先已吞平芜,尤侵岸脚摇茭芦。舟人乘潮催夜发,解缆惊起眠沙凫。是夜秋阴黑无月,江流沉澹云模糊。越山隔岸了无见,南高峰亦疑有无。江天渺弥入海处,欲求一岸投东吴。渔灯光中见有寺,一塔暗引吾舟孤。更知杭州近咫尺,城外传柝闻相呼。经时崎岖溪岭内,望到吴地心方苏。江行犯夜那辞险,柂楼久立风萧疏。明朝行色复匆促,不眠颇惜秋夜徂。欲呼明月为我出,发兴便去游西湖。"饶有东坡风格。

卷十三。《僮言》,可与曾国藩《傲奴》诗对比。两者均写奴仆,曾国藩诗结尾有力,而这首诗更温柔敦厚。《晚至孤山》,七律中之佳作。"谁说吾生自有涯,凋年相促不还家。坐萦千虑书难把,来到孤山日又斜。拙宦初无御寒具,野藤偏有忍冬花。冲风独立苍茫极,雪意漫天噪万鸦。"《舟中杂题十二首》,并前后组诗,杨万里风格。

卷十四。《湖楼早起二首》,写得好,不浮滑。其一:"面湖楼好纳朝光,夜梦分明起辄忘。但记晓钟来两寺,一钟声短一声长。"其二:"湖上朝来水气升,南高峰色自崚嶒。小船看尔投西岸,载得三人两是僧。"《赠钱笤仙振常》,钱振常与我祖父钱振伦为兄弟。

卷十五。《富阳晚泊》,状难写之景,如在目前。《志哀》,很出名,写太平军破后逃亡,但不对洪、杨破口大骂,表现得很真挚。《静修诗》,长篇五古,极好,十分感人。此后有几首怀人诗亦同。

易顺鼎。到过台湾,帮刘永福抵抗日本人,有爱国诗。

俞明震。台湾唐景崧成立"台湾民主国",俞明震任"教育部部长",爱国人士。

之六

张维屏。其诗代表乾、嘉以前，主要从性灵派流衍过来，不代表近代。但以生卒年，以及因为对清诗有发展，写《国朝诗人征略》等于国朝诗人小传，从这几点来看，也可列入近代。《侠客行》，一等好诗，鞭挞官吏，歌颂侠客，乐府笔调。《过睢阳庙舟中读昌黎〈张中丞传后序〉有作》："古庙忠魂照水滨，寒鸦枯木欲回春。江淮保障凭孤掌，郭李勋名属后尘。挥涕三军心激烈，填胸万卷血嶙峋。韩公健笔真如铁，写出须髯七尺身。"《有画昭君太真者合题绝句》，"太真"，杨贵妃。"绝代昭君与太真，马嵬青冢两酸辛。六军不发匈奴入，事到艰难用美人。"《三将军歌》，爱国作品。但就艺术性看，较鲁一同、姚燮等人差得远。《三元里》，名作。

林则徐。诗极好，功力深厚。《题潘功甫舍人曾沂宣南诗社图卷》，宣南诗社为风雅文人官僚吟风弄月的组织，而并非像今人所评价得那么高。《途中大雪》："积素迷天路渺漫，蹒跚败履独禁寒。埋余马耳尖仍在，洒到乌头白恐难。空望奇军来李愬，有谁穷巷访袁安。松篁挫抑何从问,缟带银杯满眼看。"《出嘉峪关感赋》其一:"严关百尺界天西,万里征人驻马蹄。飞阁遥连秦树直,缭垣斜压陇云低。天山巉削摩肩立,瀚海苍茫入望迷。谁道殽函千古险,回看只见一丸泥。"均极好。

龚自珍。《能令公少年行》,好诗。《夜读番禺集书其尾》二首,其一:"灵均出高阳,万古两苗裔。郁郁文词宗,芳馨闻上帝。"其二:"奇士不可杀,杀之成天神。奇文不可读,读之伤天民。"写屈大均,将翁山与屈原并称,誉为"万古两苗裔"。屈大均的书当时尚在厉禁中,故这两首诗隐晦称之。《小游仙词十五首》,冒广生等人穿凿附会为龚自珍与顾太清情事而作,驴唇不对马嘴。这十五首诗是科考不曾考取而发的牢骚,用比兴手法来表现。《汉朝儒生行》,体现反清政治思想。《咏史》,"团扇才人",今人多解错,前已讲过,指陈文述。《常州高材篇》,作得好。《梦中作四截句》,"六九童心尚未消"句,六、九,指六岁与九岁。"剑气箫心",字可见龚鼎孳诗中。"歌泣无端字字真",其真与黄梨洲之提倡的"真"相同,要歌哭时代,而并非仅指"性灵""公安"所说的"真",二者有区别。

魏源。龚自珍诗浪漫、奇丽,魏源诗实在,写风景诗多。《偶然吟十八章呈婺源董小槎先生为和师感兴诗而作》:"四远所愿观,圣有乘桴想。所悲异语言,笔舌均恍惘。聪谁介葛庐,舌异公冶长。所至对暗聋,重译殊烦怏。若能决此藩,万国同一吭。朝发旸谷舟,暮宿大秦港。学问同献酬,风俗同抵掌。

一家兄弟春,九夷南陌党。绕地一周还,谈天八纮放。东西海异同,南北极下上。直将周孔书,不囿禹州讲。因思肇辟初,声音孰分壤。破碎浑沌天,吾怨轩羲往。"境界开阔,表里纵横,表现出突出的世界意识。《华山诗》《华山西谷》等写华山的数首诗,极为奇妙。《江头月》,写太平天国。魏源诗歌艺术,是古典诗歌的正统派。而龚自珍风格为诗霸,挣脱枷锁。

张际亮。当时名气极大,但作诗较粗。"同光体"出后,亨甫声价一落千丈。贬之以粗猥,但不尽公道。宋湘对他评价极高,而陈衍贬之极矣。我认为,张亨甫得名在与姚莹事前,故其出名不仅在为友朋义气,宋湘所记即可为证。《王郎曲》,长篇,写歌女,石遗极推许。

左宗棠。《燕台杂感八首》,道光十三年(1833)作。《感事四首》,歌颂林则徐、邓廷桢抗英事。《秋日泛舟泉湖作》,1876年作于征讨阿古柏之后。"泉湖",在新疆。

刘成禺。有《洪宪纪事诗》,"西洋谋主两朝多",反映"二十一条"情况,可视为爱国诗。

何绍基。其爱国诗没多少,宋诗派代表,程春海的学生,宋诗运动之先驱。风格上好东坡,典故不多。缺点在未能完全摆脱乾、嘉格调,这主要指律诗。这就不及郑珍。何绍基与曾国藩同为湖南人,曾国藩好江西派,故后来对"同光体"影响较大。郑珍诗各体皆好。曾湘乡称何绍基"不能卓然成家",见《家书》道光二十二年(1842)十一月十七日。金天羽称其为"晚清学苏最工者"。

《败笔》《骡车谣》,可圈。《荥泽》,有气魄。"黄沙极目浩无边,望断归鸦塞草连。斜日西飞千嶂转,大河南倚一城悬。人将诗酒填歧路,天以风霜铸少年。广厦长裘他日事,且寻茆屋枕鞍眠。""天以风霜铸少年"句极好,表现艰难困苦磨炼。《同子毅弟早起至岱顶》,好诗。"晓色澹无边,游凭足力先。石根深不土,山色古于天。日上高霞直,氛清大地圆。俯看登陟处,人事起炊烟。"何绍基有理论,最主要的一点是,诗首先要讲人品,做正派人。《大人命题顾南雅丈画唐梅》:"……凡物愈古愈奇逸,阅历世变精灵出。何况梅花性屈强,岂肯布叶安花守。……"写画梅极见人的气骨。《题陈忠愍公化成遗像练栗人属作》:"遗貌觥觥面铁色,惨澹风霆绕烟墨。忠魂到处若留影,阴气满天来杀贼。"这四句极有力量,力透纸背。金和写陈化成从炮火身影落墨,何绍基此诗从画像写起。这是何绍基集子里少见的爱国题材作品。《戏题八大山人清湘子花果合册》:"画师何处堪著我,万物是薪心是火。有薪无薪火性存,隐显少多无不可。苦瓜、雪个两和尚,目视天下其犹裸。偶然动笔钩物情,肖生各与还胎卵。心狂不问古河山,指喻时拈小花果……""指喻"出《庄子·齐物论》。前部分以形象议论。《辰龙关遇雨》:"山外忽见天,天外复见山。山天不相让,矗作辰龙关……"写风景,发议论。《乱水》二首,语言、句法、思维,代表何诗特点。如其一:"乱水无正流,乱山无正峰。直立侧立石,横生倒生松。清风飒然至,涧壑千琴镛。群喧有至静,令我竦听恭。白日落何处,失却东西踪。但见山山巅,倒影明复重。归云绻行子,入户低相从。暝色四面来,檐罅皆弥缝。皎月升夜辉,一破野霭封。照见千山影,金波玉芙蓉。"《舆夫》:"舆夫生山中,山力聚两股。加以两绠牢,有似缚翼虎。荒石不成象,凹凸生锋距。直上若登天,面对赤日午。造颠乃复下,行子不敢俯。横览强自排,颠顿且由汝。森壁连侧斜,十里无栖羽。炎日炙幽蛮,啾啾聒林莽。"此诗前几句难写。中国诗生命力还是有的,路子要注意。白话诗推板些,好一些的是西洋风格,但西洋人不要看,西洋人要看的是中国诗。要扩大影响,要取消用典。因为外国人翻译中国诗,无法译出典故,其趋势只能是白描。

曹元忠。《笺经室遗集》,有不少爱国诗,其中有许多大不相同。如以"集句"的形式作诗,仿佛自己作的一样。清人有以集句著名者,但不过是因难见巧。清末西昆体派,学李义山,如常熟徐绍魁。但都不及曹元忠集义山句,成四十首律诗,写光绪珍、瑾二妃,主张变法,记与此有关的一系列事件,当中有作者立场、感情、见解。戊戌变法是爱国主义的,政治上是改良。这组诗天衣无缝。这种方式别出心裁,表达得好。《昨夜集李义山》,五言,专写庚子年事。袁昶被义和团以汉奸名义杀掉。其实袁昶从事外交工作,是爱国者。曹作情感表达得好,看不出是集句。《颐和园集李义山句》,写德宗之死。我发现,这是爱国诗艺术表现新的一种。

汤鹏。与张际亮风格一致,粗一些,奔放,对时政不满。曾国藩有《祭汤海秋文》,写得较好。龚自珍、林则徐、张际亮与汤鹏等都有来往。姚燮、潘德舆等对汤鹏评价很高。龚自珍《书汤海秋诗集后》一文,对他评价曰"完",并说:"何以谓之完也?海秋心迹尽在是,所欲言者在是,所不欲言而卒不能不言在是,所不欲言而竟不言,于所不言求其言亦在是。要不肯拾扯他人之言以为己言,任举一篇,无论识与不识,曰:此汤益阳之诗。"龚自珍还有《别汤海秋户部鹏》一诗,评价与文一致。《若之何歌》《东西邻》《蔡志行并序》,皆可圈点。《资之水五章》,韩昌黎调子,有现实内容。汤鹏好诗数量很多,但不属爱国主义范畴。

朱琦。其文属桐城。梅曾亮评其"此古人成体之诗"。风格循规蹈矩,以古人风格为诗,十分高古。《感事》《王刚节公家传书后》等一批作品,为表现鸦片战争的名篇。《咏古十首》,表现诗的见解,分写唐宋著名诗人,可见其论诗宗旨。《王刚节公家传书后》,以古文笔法来写,不是平铺直叙。《闻伯言丈侨寓清江感赋》二首,很重要。"伯言",指梅曾亮。其一:"枫林梦见尚吞声,寂寞千秋万岁名。鱼鸟难忘人澹荡,兵戈翻助笔纵横。似闻书籍多亡散,有数亲知半死生。差幸间关遗老在,挈家无计返宣城。"其二:"六朝金粉剧摧颓,赋就江南亦自哀。庾信才名吴下重,杜陵老瘦贼中来。铜驼怕见埋荆棘,鲁殿岿然剩劫灰。旧簏尚存新刻就，定应把卷笑颜开。"梅曾亮被洪秀全作为"三老"之一，请去南京参加太平天国事。但梅曾亮本传多避讳，而朱琦此诗露出马脚。所谓"庾信才名吴下重，杜陵老瘦贼中来"是也。

鲁一同。作为桐城古文作者，通甫可与朱伯韩相并。通甫为潘德舆门生。李慈铭对汤鹏、张际亮都不满意，对鲁一同虽也不满意，但承认他能独来独往。《读史杂感五首》，用杜甫《诸将》调子，写广东抵抗英人侵略。鸦片战争中能写好诗的人，数量很多，七律之作，姚梅伯仿杜甫《秋兴》之作最蹩脚，太琐碎，没有雄浑之魄力，而鲁一同之作气概磅礴。《重有感》，与上同，写得更好。其二最佳："披发何人诉上苍，孤舟百战久低昂。前军力尽宵泗水，幕府谋深坐裹粮。握节魂归云冉冉，扬灰风疾海茫茫。神光金甲分明见，噀血衔须下大荒。"《烽戍四十韵》，五言排律，写得好。《崖州司户行》，借李德裕贬崖州事，喻指林则徐贬新疆，用梅村《悲歌赠吴季子》一诗调子，但又十分雄浑。《庚申九月书感》，写咸丰帝避走承德、圆明园被烧事。

姚燮。《双鸩篇》最好。《南辕杂诗》一百零八首七古，极不易写。鸦片战争中，姚梅伯写了大量逃亡诗。他的山水诗十分著名。尤为称道者，是写普陀山的诗，无人过之。诗要写得雄浑才好，不要琐碎雕饰，尤其长篇。《司徒庙古柏》，晚清写此诗题的人很多，其中夏敬观以宋诗格调，写得最好，姚燮此作也好。《镇海县丞李公向阳殉节诗》,写得好,不佶屈聱牙,长短句交错,笔力横绝千古。今天研究古诗,观念要变化。出路何在?第一,尽量少用典;第二,少用辞藻;第三,用古文笔法白描,要使外国诗人接受得了。《登干山绝顶俯眺二百八十峰浩然作歌》,雄放跌宕,不下李白。姚燮在鸦片战争中是最为独出冠时的诗人,本领多方面,比较全面,他能在艺术上学古而化。龚自珍古诗功力不及姚燮,有先进思想,而姚是纯粹的文学家,对戏曲、小说都有研究。姚燮的艺术性突出,而龚自珍是思想家。假若不用后来宋诗运动的标准去衡量,可说姚燮是最大诗人。我小时就喜欢姚梅伯,姚梅伯受黎简影响最大。

近代国学开创者,有研究甲骨文的罗振玉、王国维,而章太炎那一套为老国学。张维屏《有画昭君太真者合题绝句》:"绝代昭君与太真,马嵬青冢两酸辛。六军不发匈奴入,事到艰难用美人。"此诗绝好。龚自珍《汉朝儒生行》,反满诗,"儒生",龚指自己。"赢家正为汉家用,坐见入关仍出关。"此中"汉家"指清廷、满洲。"汉朝",取身在清朝、心在汉朝之意。"一箫一剑",典出于龚鼎孳诗中。《咏史》"金粉东南十五州",或以为为可惜曾燠被罢官,见佚名《定盦诗评》所载曾燠事。"东南契扬州","名流"指曾燠,"牢盆狎客"指曾为盐政,"团扇才人",据阮文达《笔谈》载,应为陈文述,我深然此说。

顾亭林《与友人论学书》为其主要文章,他提倡"行己有耻",是其治学的灵魂之所在。而到清中期,抛掉了这一核心,学者只在考订上下功夫。清初学风之盛，原因主要在挽救明代的空疏。康熙中开始研究"子"学，由墨子开始。俞曲园，诗人、学者，有《诸子平议》，太炎对俞极崇拜，为之作传。朴学精神，就是"实事求是"。而明代，王阳明心学，不讲求实，空疏不学，穿凿附会。故钱牧斋首先出来反驳。龚自珍《猛忆》"狂胪文献耗中年，亦是今生后起缘。猛忆儿时心力异，一灯红接混茫前"，是开辟鸿蒙的意思。

黄燮清，戏曲家，有写鸦片战争的诗，就诗来看，不见得高明，比较一般。北大《近代诗选》，不是选诗，而是选题目，没有眼力，以内容代替艺术。他在鸦片战争时，爱国诗数量较多，若不以"同光体"眼光看诗，应是较好的，属张维屏一路，但已较雅。他也是个词人。他的诗与沈归愚不可同日而语。沈诗空，近蒋士铨一路，在清人中风格是高峻的。张际亮、汤鹏诗较放纵，黄诗近雅。

曾国藩有《傲奴》诗，黄燮清有《送仆》诗，两诗主题、内容相同，但曾诗风骨崚嶒，黄诗安详。两人处同时期，极可比较。曾氏《傲奴》："君不见萧郎老仆如家鸡，十年笞楚心不携。君不见卓氏雄姿冠西蜀，颐使千人百人伏。今我何为独不然，胸中无学手无钱。平生意气自许颇，谁知傲奴乃过我。昨者一语天地暌，公然对面相勃谿。傲奴诽我未贤圣，我坐傲奴小不敬。拂衣一去何翩翩，可怜傲骨撑青天。噫嘻乎傲奴，安得好风吹汝朱门权要地，看汝仓皇换骨生百媚。"黄燮清《送仆》:"我仆忽不怿,上堂谢主人。言当远离别,恻恻伤我神。念仆依我久,胡为中道分。问仆何所苦,问仆何所嗔。仆亦无所苦,仆亦无所嗔。仆昔从长官,豪华无与伦。门庭烂成锦,流水转车轮。黄金集昏夜,结纳颇有因。多财不自用,使仆为均匀。膏粱餍仆口,纨绮衣仆身。今从主人游,艰难历关津。驰驱数千里,失意归海滨。家徒四壁立,缊袍敝不新。交游但文字,富贵鲜与亲。主人自恬淡,仆志苦不伸。愿主早富贵,还来酬主恩。仆去勿复道,仆言亦良真。善自择新主,慎勿如吾贫。"对比可见,黄诗安详,层次多,曲折;曾诗紧凑,骨力劲,其个人性格很突出。白话诗缺少个性,胡适诗看不出个性,郭沫若诗有个性。

诗言志、抒情,对现实态度不一样。就内容看,黄燮清诗人民性较突出,爱国精神比较充分。《画鹰》《游灵隐》《渡黄河》三诗很好。"画鹰"一题,杜诗作得好——"何当击凡鸟,毛血洒平芜"。黄诗:"素壁飒寒气,萧萧枯树风。大荒秋郁勃,平野月沉雄。肃杀乘金令,精神出化工。兔狐犹未尽,孤负羽毛丰。"显系拟杜,但能化而活之。《游灵隐》:"翠微亭下露苍苍,近听流泉到上方。清磬一声黄叶落,碧山无语睡斜阳。"写得极好,静寂。钱仪吉写春山,"无数春山笑晚晴",以笑状山,与此诗末句"无语睡斜阳"正成动、静对比。陈兰甫词《醉吟商·龙溪书院门外见罗浮山》:"渐坐到三更,月影正穿林杪。水边吟啸,此际无人到。一片白云低罩,罗浮睡了。"后黄遵宪《双双燕·题潘兰史罗浮纪游图》词，就由"罗浮睡了"一语引发而来："罗浮睡了，试招鹤呼龙，凭谁唤醒？尘封丹灶，剩有星残月冷。欲问移家仙井，何处觅风鬟雾鬓？只应独立苍茫，高唱万峰峰顶。荒径，蓬蒿半隐。幸空谷无人，栖身应隐。危楼依遍，看到云昏花瞑。回首海波如镜，忽露出、飞来旧影。又愁风雨合离，化作他人仙境。"写出了当时的时代感，外侵危机，睡狮沉沉，在这里都包含了。潘兰史，潘飞声，为陈澧的学生，早年去德国。词末句"化作他人仙境"，还是有意识的寄托。常州词人讲求从有寄托入，从无寄托出，黄公度还做不到。《渡黄河》，写出黄河气派，较顾亭林那首要高明得多，顾诗缺乏形象性，气魄很大，黄燮清的这首诗要好得多。"春色过江尽，莽然销客魂。风声驱地走，沙气逼天浑。转漕愁飞渡，防秋重列屯。平生万里志，直欲访昆仑。"龚自珍《己亥杂诗》写黄河"风云材略已消磨，甘隶妆台伺眼波。为恐刘郎英气尽，卷帘梳洗望黄河"，是以两种不同的东西——阳刚、阴柔相连。写诗形象要突出，黄燮清作首句"春色过江尽"，看似平凡，却形象突出。

　　黄燮清写鸦片战争的诗。《闻浙抚督师海上》三首，恐为作者记错。其一末句"敌氛犹未炽，先发莫蹉跎"不符。《吊关中卒》，写得好。《海上秋感》，好，七律组诗，写得典雅，鲁一同写这类诗极雄浑。《黄天荡怀古》，名作，笔力沉雄。"八千劲旅走熊罴，曾断金人十万师。骢马宣威临阵日，羯胡丧胆渡江时。

凤鸣环佩军中鼓,谷暗云霞战士旗。从古庸臣好和议,寒潮呜咽使人悲。"

遗民诗"岭南三大家",广东爱国诗人。此外尚有邝露,鸦片战争诗更有广东诗人,诗界革命派更多。广东诗人写爱国篇章要研究其原因,尤其是后期,须从中外交流的前线这个角度去认识。南社诗人很多也是广东人。重点作家要看,摸出规律。翁山诗要看,不好找,可看《岭南三家诗选》,但这本书爱国诗不录。

《清代碑传全集》需买一部,以知人论世。研究清诗,这种东西少不得。《岭南诗征》,能摸线索。写长编,作论文为依据。

江苏有钱谦益,破明七子,而广东没有,"南园五子"即七子调。了解明七子,至少《明诗综》要看。

《中国近代文学大系·诗词集》前言,体现了我对近代诗词的总体认识。

诗终究以反映现实为主。即使抒发个人情感,也要看是否与时代有联系。杜甫诗即使是诗史,也参以个人见时代。《诗经》大小《雅》不必说,即《国风》,写爱情有,写其他内容也有。这表现了这一时代的国家特点,故曰《国风》。《国风》肯定不是民歌原样,与《雅》没本质区别,采风采自民间,风格固有不同,体式有何不同?如果打乱《国风》,肯定谁也看不出来。从格式到语言,不同地域的民歌肯定不会相同。所以说,现今《诗经·国风》,是由采诗者及后人改过的。《诗经》《楚辞》，政治诗，通过不同角度反映现实政治，诗终究同时代脱不了关系，与政治也脱不了关系。

马浮《蠲戏斋诗前集》《避寇集》《蠲戏斋诗编年集》。马在抗战时任复性书院院长，诗集写佛学思想，对五四运动、清末改革等，都是反对的。但现在发现的早期之作，是革命的、积极的，赞同变法维新等。但以后对自己过去的行为百分之百地否定。他过去有两首七律，就是捋扯新名词以自表异。他将这两首诗抄与马君武，马君武又抄给梁启超，梁写入《饮冰室诗话》。此人变化过大。其实，以后采佛典入诗与采新名词入诗无二致。后期提倡宋诗，完全是投机，投蒋介石所好。蒋好曾国藩，而曾国藩好宋诗，故我先前还佩服马浮，现在不然了。马浮十二岁中秀才，与鲁迅同榜，而马为第一名*，从小即有大才。

诗界革命派之诗，内容与形式是统一的。其中蒋智由没有多少道理。写新事物，许承尧《疑庵集》中就有《言天》，记光线同一、原质同一、灵魂同一之理。《灵魂》一诗，谈脑的作用；文廷式《谈仙诗》论"木乃伊"等保存尸体不朽之理；沈曾植有《金鸡纳霜》，袁昶有《火轮船行》。

晚清词四大家：王鹏运、朱祖谋、郑文焯、况周颐。陈澧虽为经学家，但诗词俱佳，词尤胜。晚清词推崇"四大家"，性质类似诗中推崇"同光体"。

---

* 马浮为1898年在县试中榜首。此处钱仲联先生可能记忆有误，笔记原录如此。

原无锡国专图书馆存书，现有三分之一存苏州大学图书馆。清中叶诗人广东嘉应州人李绣子有诗集。他的读杜笔记，精到得很。其集为《著花庵集》。《客人三先生诗选》，有宋湘、李绣子、黄公度。

郑珍诗时代气息较少，若仅就功力看，其诗为清代首要之一，但意境狭窄，缺少气力。贝青乔，是鸦片战争诗人中最了不起的人，应在姚燮之上。《舁夫叹》，自然真率中见深刻。"舁我两舁夫，同姓相伯仲。少者性尤黠，出语每微中。自云有薄田，豪夺莫由讼。讼之官弗听，一纸杳如梦。吾侪是小人，朝夕愁饥冻。官尔饫粱肉，心力为谁用？昨忽迁官去，沿途捉人送。行囊置何物，沉沉压肩痛。官初莅边郡，攒眉叹屡空。何以去时装，辄比来时重。听此舁夫言，宛似诗人讽。呼之就村墟，骀饮宵一哄。"

金兆蕃，遗老。《宫井篇》，写珍妃、瑾妃，极好。典故极多，超过梅村体，但用典十分贴切。梅村用典有疏密跌宕之致。"……计左三渝海上盟，图穷一试荆公法。往复平陂剧可哀，天心既厌岂能回！横磨利剑新经义，覆雨翻云尽祸胎。帝江犹惧鬼谋验，黽黯穷泉求故剑。身到虞渊判共沉，心知炎井难重焰。上阳病亦向秋屏，先后生天一日间。若使真泠迟旦暮，倘能返照满河山……""真泠"，代表皇帝死，指光绪帝。慈禧与光绪之死只差一天。这首诗里既有遗老的保守性，也涉及戊戌变法，有些维新思想。《张虎人敬万国来朝图为张文敏百龄作以进御画稿在夏闰盦孙桐所征题》,颂扬乾隆大一统,这不对,应颂扬康熙才是。

爱国诗写法不同。明末清初距晚清近,故写起来与远古不一样。《丁卯六月廿四日编次李晋王定国传王正以是日卒传成书六绝句》,颂扬李定国,有一定的爱国精神,为六首绝句。金兆蕃诗用典极见功夫,贴切,这是其诗特色。如本诗其一:"宋史周臣旧例通,奇男端合冠群雄。溪烟箐雨艰难迹,比似崖山又不同。"这是他编《清史稿》"李定国传"的想法,以宋史拟之。其三:"西宁忠更过延年,一寸崦嵫九死争。若与绛衫司马遇,回帆合指石头城。""绛衫司马"指张煌言。"东宁王"是郑成功,"西宁王"即指李定国。郑成功是海盗出身,眼光较广,出兵打台湾荷兰人。李定国是农民军出身,为张献忠麾下大将。两人出身不同,行为也不同,但两人忠于明祚是一致的。郑延平的缺点是,打到南京城下,不曾采用张煌言的意见,从而与张煌言到安徽合兵,而是退了回去。顾亭林对郑成功进攻长江就不赞成。其六:"犹忆荷生纪岁华,游龙流水曲江涯。谁能起酾东南酒,兼酹昆明菡萏花。"

《呈朱梓琴丈裔昌》。金兆蕃为秀水人,秀水派以朱竹垞为宗。秀水派好黄山谷,朱竹垞之诗后期即好山谷。这首诗就是评秀水派之作。"南湖依旧绕郭流,诗人屋小南湖舟。诗心湖水恣吞吐,柳叶春早芦花秋。当年南郭诗人五,蒡翁广大精微主。丁辛王又曾苍劲乃勍敌,百顷烟波两旗鼓。合志同方万与祝,论诗亦复祖山谷。各凭江水出肺腑,不借庐山争面目。大家小长芦钓师,百年海日回朝曦。不名一家必己出,灵运晚擅琼琚辞。太华层城几千丈,援絙攀梯振衣上。云中招手仙之人,青鸟衔书云莽苍。湖水到门云覆庐,下帘日与古人居。凭谁传语尧年鹤,城郭寿不诗卷如。"缕述了秀水派代表人物。

　　章炳麟。太炎较难解说,但表达爱国思想的诗多。章太炎大骂宋诗,完全着眼于形式,见《国故论衡·辨诗》。太炎斥责以考订为诗是对的,但清末江西派、"同光体",除莫友芝外,其他人考订诗并不多见。相反,并非宋诗派的李慈铭,倒有些考订诗。至于说宋诗派佶屈聱牙也是不对的。宋诗派代表作家们的好诗,是并不佶屈聱牙的。

　　"同光体"诗思想性并不高,代表人物多为遗老。但他们早年的诗倒有些不错的作品。沈曾植接近维新派;郑孝胥办实业;陈石遗也主张变法;陈宝箴更是变法者。这些人当中,有的后期变成遗老后,思想性并不高。故章太炎的批评,只从形式着眼,驴唇不对马嘴。其实,太炎之理论基础,仍是一代有一代之文学。他自己作诗,仿汉魏,为求古奥,以《说文解字》中字作诗。故其诗思想性是有一些,但不可读。

　　章太炎一方面好汉魏,另一方面也强调学晋宋。晚年手抄诗稿,风格高古。章氏晚年文章也近桐城。《艾如张董逃歌》首句"永历既亡二百三十八年春",以桂王年号纪时,极不好推算。"乌桓",指满洲人来源?《东夷诗十首》,有阮籍诗的风格,读来佶屈聱牙。五律较好。《怀宁舟中怀宋恕诗》,风格较高古,也受新名词影响。《赠吴君遂》:"渐识吴君遂,高情弃直庐。卜居梅福里,草上杜根书。域外称张楚,斯人愿伏蒲。修门遗烬在,谁共吊三闾?"以魏晋人古风格入律诗,本领很高,我佩服这类诗。《狱中赠邹容》《狱中闻沈禹希见杀》也是。太炎手写诗稿中诸作均好,风格一变。《黑龙潭》写得尤好,反映出狱后的心态。太炎写《大总统黎公碑》,大手笔,是桐城派的路子。他前后期诗比较来看,似乎是两人所作。

王瀣,字伯沆,一字伯谦,号冬饮,江苏溧水人,幼奇颖,曾从同邑高子安问《说文》,后见知于文廷式、陈三立、俞明震。清末,曾为上海某局编书,俞明震为南京陆师学堂监督,聘其为教习,嗣又掌教于两江师范学堂。辛亥革命后,在南京图书馆任事。民国四年(1915)后,被延为南京高等师范学校(即后之中央大学)主讲。抗日战争爆发,感念国运,每饭罢,辄对客言南明时事,声泪俱下。民国三十三年(1944)病故于南京。有《冬饮庐诗稿》,刊入《南京文献》二十一辑。生平事迹详见钱堃新《冬饮先生行述》。

王瀣是南京人,他与陈三立经常唱和,词的风格似文廷式。在清代诗人中推重黎简,对前人诗推尊阮大铖。《春感》用杜甫《秋兴》韵,风格高古。《癸丑五月十四日陈散原俞觚斋招游焦山三宿松寥阁赋诗五首》,极好。我很喜欢他的诗。我自己作诗,也是这条路子。

王瀣曾随陈三立学诗,为诗亦深受"同光体"江西派的影响。他与汪国垣论俞明震诗,深致不满,论黄节诗,亦云:"诵之初觉凄婉,再看,皆不落边际语。"汪国垣究其原因,则云:"盖伯沆诗喜奥衍深厚一派,故深服散原之开合变化。其直造单微,但取掩映而无直实理境者,皆不甚喜也。"上语见《光宣以来诗坛旁记》。他从江西派入手,学黄庭坚,同时也能取法三唐,甚至接踵六朝。其《冬饮庐藏书题记》认为张之洞"集中赠蕲水范昌棣句云:'平生诗才尤殊绝,能将宋意入唐格',可谓自道甘苦矣"。这二句亦可移赠王瀣。因此,他的诗意境幽夐,玄思窈想,得《咏怀堂诗》的神髓,为陈三立所激赏,可以说是宋诗派的后劲。《谢公墩梅花用东坡松风亭韵》《呈秦州倅汝槐》《半亩园吊龚半千》《随园》《秋感用杜少陵秋兴韵》《观水涨有作》《癸丑五月十四日陈散原俞觚斋招游焦山三宿松寥阁赋诗五首》《过明故宫》《花木诗》《为刘丙孙画扇》《㞢泉老友七十一矣索为诗寄此以博一粲》《次吴霜厓除夕韵即柬璞斋》《寄墙翁十二韵》诸作,皆可圈点。

  苏曼殊。浪漫气质很浓厚,亦僧亦俗。太炎为其《梵文典》作序,并规劝他的浪漫行为。诗主要是七言绝句,学龚自珍,以定盦七绝中轻松者发扬之,而龚诗中的奇硬处去掉了。用郁达夫的话说,集子里找不到浑然天成的东西。曼殊的爱情诗,写得格调不高,靡靡之作。《以诗并画留别汤国顿》二首,中有"国民孤愤英雄泪,洒向鲛绡赠故人"。现有种情况,中国人自己的古典,亦去看外国人眼光。叶嘉莹,没啥多道理,我不赞成这做法。一点点东西，写得老多老长。我并不是说不要借鉴西洋美学与文艺理论。如朱光潜、王国维，老早研究西方美学，《人间词话》很短，但很精彩，将西方美学哲学思想融会贯通。他也不写什么赏鉴文章。现今赏鉴文章泛滥，割裂诗句，没有道理。诗要用心体会，讲是讲不出来的。

《住西湖白云禅院作》："白云深处拥雷峰，几树寒梅带雪红。斋罢垂垂浑入定，庵前潭影落疏钟。"好诗。《花朝》："但喜二分春色到，百花生日是今朝。"《过平户延平诞生处》："行人遥指郑公石，沙白松青夕照边。极目神州余子尽，袈裟和泪伏碑前。"这是他在日本所作。《过蒲田》，在日本作。"柳阴深处马蹄骄，无限银沙逐退潮。茅店冰旗知市近，满山红叶女郎樵。"曼殊诗形象性极强，可入画。《过若松町有感》，作于日本长崎。"孤灯引梦记朦胧，风雨邻庵夜半钟。我再来时人已去，涉江谁为采芙蓉？"曼殊在日本有一情人，叫静子，传为其姨表亲。《有怀二首》，宣统元年（1909）作于日本。其一："玉砌孤行夜有声，美人泪眼尚分明。莫愁此夕情何限，指点荒烟锁石城。"其二："生天成佛我何能？幽梦无凭恨不胜。多谢刘三问消息，尚留微命作诗僧。"《本事诗十首》，有说写静子，有说写百助眉史，有说二者实为一人。"丹顿裴伦是我师，才如江海命如丝。朱弦休为佳人绝，孤愤酸情欲语谁？""碧玉莫愁身世贱，同乡仙子独销魂。袈裟点点疑樱瓣，半是脂痕半泪痕。""春雨楼头尺八箫，何时归看浙江潮？芒鞋破钵无人识，踏过樱花第几桥?"这是曼殊的代表作。《淀江道中》:"孤村隐隐起微烟,处处秧歌竞插田。羸马未须愁远道,桃花红欲上吟鞭。"《题师梨集》,"师梨"即英国诗人雪莱。《为调筝人绘像二首》,"调筝人"即"百助眉史"。与陈仲甫(陈独秀)同在日本,两人经常与百助眉史来往。《调筝人将行出绡嘱绘金粉江山图题赠二绝》:"乍听骊歌似有情,危弦远道客魂惊。何心描画闲金粉,枯木寒山满故城。"《寄调筝人三首》:"生憎花发柳含烟,东海飘蓬二十年。忏尽情禅空色相,琵琶湖畔枕经眠。"《寄晦闻》:"忽闻邻女艳阳歌,南国诗人近若何?欲寄数行相问讯,落花如雨乱愁多。"《题拜伦集》,宣统元年(1909),归国后作,有序。"秋风海上已黄昏,独向遗编吊拜伦。词客飘蓬君与我,可能异域为招魂。"作于香港,表达对拜伦的向往和同情。曼殊与马君武均译拜伦《哀希腊》,但马译远逊苏译。《步韵答云上人三首》,云上人,张廉,浙江人,南社成员。

《耶婆提病中末公见示新作伏枕奉答兼呈旷处士》,五古。这首诗很重要,较多表现了其思想的深处,用《离骚》的精神,并以太炎诗中高洁一类风格写之。句子易懂,但诗的意境极高洁。因太炎去信,规劝曼殊不要近女人,故曼殊寄之以此诗,用太炎五古调。"君为塞上鸿,我是华亭鹤。遥念旷处士,对花弄春爵。良讯东海来,中有游仙作。劝我加餐饭,规我近绰约。炎蒸困羁旅,南海何辽索!上国亦已芜,黄星向西落。青骊逝千里,瞻乌止谁屋?江南春已晚,淑景付冥莫。建业在何许?

胡尘纷漠漠。佳人不可期,皎月照罗幕。九关日已远,肝胆竟谁托?愿得趋无生,长作投荒客。竦身上须弥,四顾无崖崿。我马已玄黄,梵土仍寥廓。恒河去不息,悲风振林薄。袖中有短书,思寄青飞雀。远行恋侪侣,此志常落拓。"《柬法忍》,民国元年回国后作。"法忍",陈去病别号。"来醉金茎露,胭脂画牡丹。落花深一尺,不用带蒲团。"当时袁世凯已篡权,以形象写国土沉沦,表达反抗精神,十分含蓄。《为玉鸾女弟绘扇》:"日暮有佳人,独立潇湘浦。疏柳尽含烟,似怜亡国苦。"民国二年(1913),二次革命发动,旋失败,袁世凯独揽大权,故云"亡国"。《南楼寺怀法忍叶叶》,杭州灵隐中有南楼。"叶叶",即叶楚伧,曾任国民政府监察院院长。"万物逢摇落,姮娥耐九秋。缟衣人不见,独上寺南楼。""缟衣",为革命牺牲者,或即指法忍(陈去病)、叶叶。《吴门依易生韵十一首》,易生,沈一梅,南通人。诗作于民国二年,两人相识在民国二年。易生原不会作诗,也未写诗给曼殊。"依易生韵",不过是曼殊伪托。"江南花草尽愁恨,惹得吴娃笑语频。独有伤心驴背客,暮烟疏雨过阊门。""碧海云峰百万重,中原何处托孤踪?春泥细雨吴趋地,又听寒山夜半钟。"有王渔洋诗风致。"年华风柳共飘萧,酒醒天涯问六朝。猛忆玉人明月下,悄无人处学吹箫。"此诗多处用龚自珍句。"平原落日马萧萧,剩有山僧赋大招。最是令人凄绝处,垂虹亭畔柳波桥。""碧城烟树小彤楼,杨柳东风系客舟。故国已随春日尽,鹧鸪声急使人愁。"《无题八首》:"星裁环佩月裁珰。"《东行别仲兄》,"仲兄",陈独秀。"江城如画一倾杯,乍合仍离倍可哀。"《憩平原别邸赠玄玄》《东居杂诗》十九首,在日本作,与女人来往。"蝉翼轻纱束细腰,远山眉黛不能描。谁知词客蓬山里,烟雨楼台梦六朝。""谁怜一阕断肠词?摇落秋怀只自知。况是异乡兼日暮,疏钟红叶坠相思。"《莫愁湖寓望》,光绪间作。《久欲南归罗浮不果因望不二山有感聊书所怀寄二兄广州兼呈晦闻哲夫秋枚三公沪上》:"寒禽衰草伴愁颜,驻马垂杨望雪山。远远孤飞天际鹤,云峰珠海几时还?"此诗写得极好!《游不忍池示仲兄》:"白妙轻罗薄几重,石栏桥畔小池东。胡姬善解离人意,笑指芙蕖寂寞红。"

之七

罗惇曧、梁鼎芬、黄节、曾习经,称"粤东四家"。

梁鼎芬,字节庵,有《节庵先生遗诗》六卷、《续编》二卷,是叶恭绰编的。梁鼎芬诗写得好,人却不大行。先跟从张之洞,后感到慈禧太后不赞成张之洞,就又变了态度。梁鼎芬早期是主张变法的,很看好康有为和梁启超,可变法失败后又与梁绝交。黄遵宪《人境庐诗草》中《己亥杂诗》"怜君胆小累君惊,抄蔓何曾到友生。终识绝交非恶意,为曾代押党碑名"一首,即言此人绝交事。

梁鼎芬妻子长得漂亮,被文廷式夺去,梁竟允许。文廷式死后,其妻要归梁,梁竟又复接纳,此人无志节。梁鼎芬《赠康长素诗》三首,其一以"南阳卧龙"许康,而后竟绝交。梁鼎芬此人坏透了,两面派。张之洞与翁同龢的瓜葛当中,梁多坏事,拨弄其间。张之洞诗中有《送同年翁仲渊殿撰从尊甫药房先生出塞》一诗,可以见出张、翁两家并非势不两立。梁鼎芬后来成为遗老,自无不可。但在以前的政治中总是摇来摆去,喜好在朋友之间拨弄是非，则小人也。

梁鼎芬曾参劾李鸿章，言其可杀之罪有八，见李慈铭《越缦堂日记》。梁鼎芬《节庵先生遗诗》卷四中有《伯严公子馈诗甚美四用前韵答之》《得伯严诗》等，他虽与"同光体"诗人有来往，但他并非"同光体"中人。"同光体"有严格标准：不拘唐宋，以宋为主，分为三派。不等于写古体诗即是"同光体"。

梁鼎芬其人复杂，先做张之洞的走狗，出卖维新运动。但他的出卖不是告发，而是与维新志士绝交，如与黄遵宪的关系等即是。他开始参加变法是投机，后来吃溥仪的饭，他并非真正的遗老。而沈曾植则是铁杆遗老，不是靠皇室吃饭。

梁鼎芬早期还是清流正派，还是爱国的。《伯严公子馈诗甚美四用前韵答之》，写于光绪十年(1884)，诗中反映的事是前三年当中的。"今皇初政海上闲，岁在元默长星殷。宫廷忧儆谨天戒，台谏皆直无钩弯。北带西于无所属，卧榻敢使他人攀。""元默"为壬午，即光绪八年(1882)。此诗即写光绪八年、九年、十年事。当时法国人侵犯越南，中国在越南有驻军，法国人要求清军撤回去。清廷主张不干涉越南王位事，双方让步。但次年，法国人变卦了，威胁中国，要求重新谈判。光绪十年，清廷派李鸿章与法国驻北京大使谈判、定条约，中国承认法国在越南的地位。以前双方签订的"备忘录"还要求法国保持越南王的地位，这回的条约竟没有了，这就是所谓李鸿章卖国。梁节庵为此上折子，参劾李鸿章卖国，常熟的沈鹏亦上书参"主凶",梁言李有"可杀之罪八",故这首诗是爱国诗。"惟佛朗机俨自大,数载寻衅于其间。堂堂使相白衣出,媚敌乃效奴婢颜。金钱千万泼若水,戈甲重叠堆如山。卢公死事竟未睹,麻衣被体哀边关。鄙哉不及女子智,能谢秦使椎连环。小臣感愤非好事,庄肃拜疏鞭冥顽……"这首诗写时事融入自己,可见其爱国感情。《阎公谣》,陈衍《近代诗钞》选此诗。阎氏为户部尚书。梁鼎芬参劾李鸿章获罪后,应镇江太守王忍庵之约住焦山海西寺。《八月三日寿孝达督部》,可看出他与张之洞的关系。

除爱国之作外,表现他风格的诗主要体现在两方面:一种表现在晚唐愁惋之风格,再一种体现为宋人清秀幽远的风格,语言一般都是凝练的。《读韦浣花集和云阁》,他的近体诗也有韦庄风味。《节庵先生遗诗》卷四中与文廷式的唱和很多,而此时老婆已被文廷式夺去。简朝亮,号竹居,清末广东学者兼诗人,汉学家。《寄题高氏园林二首》,为五律中最高风格之作。《三弟告别武昌》,清人五律中,能写到此种境界的,唯吴梅村能之。《得伯严书》,写深微意境,表现了内心的深处。"千年浩不属,君乃沉痛之。神思可到处,缱绻通其词。穷山何所乐?予心忽然疑。试君置我处,魂梦当自知。把书阁且开,情语生微漪。出见东流水,汤汤将待谁?"实得宋人高处。《纪拔贡钜维赠先世厚斋先生花王阁剩稿一卷漫题五绝句》。七绝中的佳作,其中一、四两首最好,极深秀,有南宋姜白石味道。其一:"已是斜阳欲落时,不成一事鬓如丝。文章无用从漂泊,惆怅花王数首诗。"其四:"青豆房中意想深,酒醒抚剑更沉吟。谁知一滴芙蓉泪,已入才人异代心。"《种花诗三首》,也很出名。《哭邓鸿胪承修五首》几篇五古,是他集子中的名篇。邓为直谏者,与黄遵宪友善。其五:"江水不可涸,我泪不可干。回思细席言,婉娈保岁寒。怀归苦不成,再见已为棺。莫过孟博祠,寿考古所难。莫饮清醒泉,来视吾已单。虚吟朱鸟影,空拾丹凤翰。恤劳典不逮,沉抑其谁干?俯瞰九原底,仰瞩浮云端。凄然独夜人,愤慨于兹山。"《借问》"巨鱼潜大壑,寒鹊响高林"两句,有寄托,但难考何人。《跻绿亭》,五律中清秀者,极佳。"万绿裹一亭,春暄心尚凛。零芳结幽香,小翠悦佳寝。怳与山林间,未信官廨凛。攀陟人自劳,闲坐须尽饮。"好诗!《赠漆生葆熙之高州》:"将别忽无语,重逢终有期。苍茫百年事,寥落数行诗……"写得好!这种调子他很擅长。《题浙西村人集》,指袁昶,袁属"同光体",浙派。各派诗人之间实际上都彼此十分推崇,并不像今人为他们彼此分疆划界的那个样子。如范当世对黄遵宪的推崇,梁启超对陈三立的推崇,《饮冰室诗话》说"吾谓于唐宋人集中,罕见伦比"。他们彼此并非势不两立,而是好朋友。

《人境庐诗草笺注》序跋中,首序应为郑孝胥,但当时避忌郑孝胥到伪满洲国行为,故他的序未放进去。郑孝胥的诗谈政治的不多,抒情之作较多。溥仪在东北立伪满洲国,屡要郑孝胥征召陈三立,散原不去。事见林庚白《丽白楼诗话》。

梁鼎芬的路子基本上是晚唐体一路。《夜抵镇江》,名作。"脱叶嘶风正二更,灯船初泊润州城。芳菲一往成凋节,言笑重来已隔生。寒鸟凄凄背江去,疏星历历向人明。此回不敢过衢市,怕听茅檐涕泪声。"《答杨模见赠之作》,可看出广东各名人受陈澧的影响关系。卷五《春》,极好!有王安石《半山春晚即事》"春风取花去"一诗的笔致,而写得更为温柔,似陈简斋。"一枝初上绿,昨夜已为春。苔径琴停后,风帘鸟语晨。寂寥长不觉,沉醉即为真。欲下千秋涕……"《戊申四月初宿玉泉寺同予申作》:"灵山不觉远,兹地似曾游。万绿松藏世,千声鸟在幽。看云襟欲满,听水杖还留。携有青莲裔,论诗茗一瓯。"鼎芬对王安石的诗较熟,自己诗中多化用之。

前举《伯严公子馈诗甚美四用前韵答之》诗,"伯严馈诗"已不可见,其《散原精舍诗》起庚子,庚子年以前之诗均不可见,只有《饮冰室诗话》中有一两首。为何陈三立不要早期的诗?他早期的诗,思想接近谭嗣同等人,民国后成为遗老,对戊戌变法不以为然了,认为是冒进。故戊戌前后写的诗都不要了,只与变法同仁往来,而不再提及变法这回事了。散原后来骂过共产党——"回首乡关成盗薮",但与国民党却比较靠近了。《散原精舍诗》第一次印本与后来印本也有出入,如写日俄战争的诗,在后来的印本中就删掉了。为什么要删掉?还搞不清楚。

一个人的集子,如有多种版本,大有研究。如王拯《龙壁山房诗集》，与后来广西出的《龙壁山房诗集》就大不一样。后者中有的诗，前者当中就没有。诗人往往到后来对早先之作不满意，所以要删去。越到后来，删的越多。我的《梦苕庵诗话》，最早的刻印本中的不少诗，就在我以后的排印本中删掉了。我写淞沪抗战十九路军的诗，很多发表在《申报》上，深得黄炎培的赏识，但一半以上的作品，都被我在编集的时候删掉了。

《人境庐诗草》手抄本，是黄遵宪手写的，那时在周作人手里。我整理公度诗，向周作人借，他不借给我，只写了目录给我。拿来一核对，与《人境庐诗草》不符。黄遵宪那些大章名篇，"手稿"中一篇也没有。后来有人说，这些诗是戊戌以后补写的，故早先的"手稿"中没有。周作人手里的这部"手稿"解放后被没收，大约藏在北大或北京图书馆。后有人辑出《人境庐诗草》中所没有的作品，为《人境庐集外诗》。我觉得作者删去自己的诗，自有他的道理，应当尊重。我的《人境庐诗草笺注》抗战前出版，是线装，周作人对我尊重作者意见、作者删去的诗不录的原则不以为然。周以为作者不要的东西是更重要的，我与他的意见不同。

汪瑔。《节庵先生遗诗》卷四《挽汪丈瑔六首》，汪瑔是汪精卫的叔父。汪瑔集子中的爱国诗很多。汪瑔，字玉泉，原籍绍兴。国子监生，少随父游广东，佐郡县为幕客，后遂占籍广东番禺。光绪初，受两广总督刘坤一委托办洋务。张维屏、林昌彝都曾称赞其诗，文廷式为其集作序，评论其一生命运进退，谓其人品出儒家，退守出道家。汪瑔有《随山馆诗集》十八卷，现行世有《随山馆诗简编》四卷。

《读书》，丙午年（1906）作，时汪瑔才19岁，诗中见识不凡："古今不相识，我乃思古人。霞想崇在昔，海怀荡无垠。求之文字间，未必得其真。鹤企远相望，鸿冥难与亲。怀哉事云杳，逝者迹已陈。残编一坐对，俯仰悲飚尘。"《葛将军妾歌》，戊申年（1908）作，只21岁，写葛云飞妾的英勇行为。本诗为梅村体，末以沈云英、秦良玉比葛将军妾，这是别开生面的爱国诗。原诗结尾不是这样，后来改的，见《清稗类钞》。《放歌二首》，见解独到。前首论对读书、学问的态度，后首论性格的狷狂。《有感四首》，时值农民起义，天地会包围广东，写出当时局势。《重有感四首》，反映出围广东的天地会转移到广西的情况。《江行感怀英德道中作》，写英、法联军炮轰广州事。《赠小谷比部献甫即题其补学轩集后四首》，其中之一见出他对作诗的见解："作诗摩古人，其弊在无我。作诗无古法，其理又不可。先生诚通儒，用笔如用笴。每发辄中的，何有右与左。秋月固皎洁，春花亦婀娜。惟其金心中，所以玉色瑳。学术既湛深，格律自帖妥。彼哉主客图，持论诚琐琐。"前两句意思，与黄遵宪"我手写我口"大有联系。《广州杂感八首》，光绪三年（1877）作，议论对外事务较多，是爱国诗。《越秀山看木棉归检故友李竹香冯池王少香樾集中皆有木棉花诗戏次其韵》，写木棉花。宋湘有七律《木棉花二首》，写得真是好。本诗与其意同，但写法不同。

"处处东风处处开,寻芳先到越王台。春于此树无遗力,花亦如人有霸才。北户风光夸烂漫,南方火德入恢台。时清已久消烽燧,一任山城远近栽。"也写得极好,三、四两句尤佳。汪瑔写得好,在于不即不粘,宋湘那两首写得好,在于句法有力。《绝句》:"北郭看山云漠漠,东风吹雨昼沉沉。戟门车马柴门屐,同试春泥几许深。"末两句意味较深。《喜闻官军二月十三日谅山之捷》,写冯子材收取谅山事。《书事四首并序》,写中法之战。中法之战是鸦片战争以来中国军队的唯一一次胜利,可是李鸿章仍然让步签约,时人甚感屈辱。其一:"薄海遵明诏,因时显战功。前锋纷破敌,长策慎和戎。露布三军喜,云帆万里通。怀柔今日事,不与汉唐同。"概括了清廷软弱政策。《中秋对月效义山体》,刺慈禧。《积雨遣怀》中之"陆贾城",即指广州城。汪瑔诗极有见解,识力是其诗的一大特色。

黄节。诗较复杂,评价不一。《蒹葭楼诗》有张尔田等序。一生复杂,并非反动与革命的复杂,而是心理状态上,读书与参加革命的矛盾。读其诗,见其个性,是矛盾的。读书未尝忘记国事,但诗中表达出的进步情绪,是否积极的呢?诗艺是否适应思想需要?革命思想该用何种艺术性表达?丘逢甲、黄遵宪、康有为、梁启超的表达,能够鼓动人心,发挥作用。而以宋人格调、李商隐手法,吞吞吐吐,就难以表达,而只能使人感伤、凄婉。黄节后期诗,就是这样一种东西,反映了其心态,故不同的评论者,有不同的评论。陈衍从艺术性去评论,以宋人格调去衡量；张尔田作为遗老，修《清史稿》，对黄节诗也推崇得很，他以遗老眼光评论黄；陈三立的评价，偏重艺术，其《蒹葭楼诗序》谓："格澹而奇，趣新而妙，造意铸语，冥辟群界，自成孤诣。庄生称藐姑射之神人'肌肤若凝雪，绰约若处子'，又杜陵称'一洗万古凡马空'，诗境似之。"石遗评杨诚斋诗作得曲折、出人意外。我认为曲折是微末的艺术手法，写雄浑境界，这种手法不行。他《近代诗钞》评黄节诗"其为诗，着意骨格，笔必拗折，语必凄婉"；散原序其《蒹葭楼诗》，认为"卷中七律疑犹胜，效古而莫寻辙迹。必欲比类，于后山为近。然有过之，无不及也"。我认为，晦闻诗五古比七律好，以《咏怀》比兴笔法写来。我不同意石遗、散原之论。《杂诗》以阮籍《咏怀》笔法来写，最好。表现在现实中的心理矛盾。虽对现实不满，但不深入生活中，简单讲，消极一些，后期尤是。

黄节，广东顺德甘竹石滩人。父黄荣，陶瓷商人家庭。明万历，顺德出一状元黄仕俊，清入关后，变节降清。黄节年轻时，对此人不以为然。故取号为"甘竹滩洗石人"，出此状元污染家乡，故洗之，又取名为"节"，取"守节"之意。说明黄节幼年，凛然之气已立。后来参加反清革命，与早年一脉相通。

革命、气节是黄节身上的主流。年纪稍大，听到同乡简朝亮讲学，佩服至极，于此打下了学问根底。这就与早年"甘竹滩洗石人"的思想发生变化，而认为学问才是主要的。民国以后，发表革命文章，简朝亮责备他，黄节反驳，两人断绝关系。

这就像章太炎对待俞曲园的态度一样。与邓实做朋友，邓主张反清革命，同学中的反清思想影响了他。他写《黄史》一书，宣扬汉族的民族正气。此时他还写革命的书，其复杂性在此。后来出游到北方许多省，接触到民生疾苦，思想、情感均有变化。他的出游地方广阔，时间一年。1901年，办"群学书社"，1902年，曾到开封，参加顺天乡试——原应在北京城，但由于动乱，本年乡试设于开封。考举人未录取，又到上海，遇邓实，邓办《政艺通报》，黄参与撰稿，宣扬反清，组织"国学保存会"，稍后又与邓实创办《国粹学报》，以"爱国保种，存学救世"为宗旨。光绪三十三年（1907），已有人筹组"南社"，黄节参加，为南社成员中比较早的一员。1909年，参加"同盟会"，代替胡汉民写过一些文章，其中有《誓死北伐文》，就是黄晦闻代胡汉民写的。辛亥革命后，章太炎被袁世凯监禁，黄节曾写信给朋友，营救太炎。辛亥前，与刘师培友善，辛亥后，刘师培参与袁世凯的筹安会，黄节写文声讨，与刘断绝关系。袁世凯参加推翻清朝，言为袁崇焕报仇，黄节写《清明谒袁督师墓》一诗，戳穿袁世凯的鬼话。袁墓在北京"觉明寺"。黄节此诗讥袁世凯认同袁崇焕后代，可耻。诗高妙，但不晓得其中掌故，就看不出来。1908年，黄曾任广东教育厅厅长，不久因经济困难，即辞职。后一直在北京大学任教授，直到去世。

他做过汉、魏、唐以来不少人诗注，古为今用。注曹植、阮籍、谢灵运、鲍明远等，都各有所取，借之以发挥。他作顾亭林诗注,有手稿,未印出来。油印,柴德赓处只一部分,选注,不重在注典故。由此可见,读书不忘国事,注书即与国事有关。作诗也是如此,故其诗晦涩些,绕的圈子较多。如《南归至沪寄京邸旧游》《残梅》等,句中意思多转折。石遗《近代诗钞》中选的黄节诗,都是这一类曲折用笔的调子,向内心里挖掘,而革命之作,则向外喷洒。

《蒹葭楼诗》,香港本,张尔田写的序,遗老口味,比较守旧。诸宗元题《蒹葭楼诗》:"使我破除残夜睡,读君别后五年诗。纵横着语成唐律,窈窕为音近楚辞。老去江湖当自惜,求之流辈已难知。楼扉闭雨回镫坐,如梦钧天合乐时。"陈三立题序见前。

《蒹葭楼诗》卷一。乙未年(1895)作。黄诗艺术性高,情调低沉一些。《燕集桃李花下兴言边患夜分不寐》,诗人将此诗放在集子中首位,反映了时代特征。甲午(1894)时期,已进入帝国主义阶段。这以前还不是帝国主义。《马关条约》签订,日本占领东三省,形势危急。诗人以春秋笔法,放在首篇,表示了自己的诗是帝国主义侵略中国的历史阶段的开始。诗人集末一首《北风》,写日本人侵略中国的"九一八"事变。《重关篇》,写日本人侵略东三省的"九一八"事变当晚,张学良还在看戏跳舞。

黄遵宪编诗也有他自己的诗史态度,以《述怀》为首。太平天国灭,表面中兴,而外国侵略却加剧了,故此后是一次一次的奇耻大辱。最后的几首,是写李鸿章死的挽诗。而梁启超为之编集加的是另外两篇,由其弟黄由甫提供。之所以要以挽李鸿章结尾,是显示历史的完整性。李鸿章镇压太平军有功,被封为肃毅伯,以此起家,其后一步步地对外软弱妥协,这一段历史,以李鸿章的一生贯穿其中。

诗人自己编集始于何时?西汉、魏晋、南北朝时,是不见诗人自己编集的。陆放翁的集子是自己编的,但他的两个儿子有所调整。《西昆酬唱集》是自编的。皮、陆的《松陵集》是自编的,韩愈诗非自编。杨万里的诗,大概是自己编的。文天祥非自己编。从明清始,除少数人外,集子大多由自己编。诗人编集,主观上是要体现自己的"春秋笔法",但也不多。钱牧斋《初学集》有些这方面意思,《有学集》弄得乱了,有些诗不见,如他写崇祯帝死于煤山的十二首七律,就不见了。黄遵宪、黄节编集是有"春秋笔法"的,二人都不属于"学人之诗"与"诗人之诗"的范畴。陈三立《散原精舍诗》为自编,表现他的眼光。其集始"辛丑",以《感事》为首,以辛丑和约订立之事抒情。他作诗很早,但前面的作品皆舍去,而以此为首,可见其用意。如"凭栏一片风云气,来作神州袖手人"就作于此前。《赠黄公度》一诗也作于此前。范伯子诗中也有赠黄晦闻诗两首,其中小注讲到陈三立的"千年治乱余今日,四海苍茫到异人"之句,可知陈诗作于"乙未年"。

范当世《旅中无聊流观昔人诗至于千首有感于黄公度之人

之诗而遽成两律以相赠陈伯严赠公度诗有千年治乱余今日四海苍茫到异人之句余故感于是而发端也》其一:"谁谓君为异人者,我观君道得毋同?诗言起讫一生事,眼有东西万国风。燕处危巢岂由命,龙游涸泽竟无功。便偕邹子论三乐,也让行歌带索翁。"其二:"愁来遍览前人句,读至遗山兴亦阑。容有数声入清听,何曾一气作殊观。乾坤落落见君好,冰雪沉沉相对寒。剩恨杨云犹贱在,不虞千世少人看。"这两首诗很重要,表现出范当世对黄公度的推崇。

黄节《宴集桃李花下兴言边患夜分不寐》,乙未年(1895)作。"苟得死士心,无敌有大义。天下岂无人,苍苍果谁寄?边风吹虫沙,霾雾走魑魅。壮士怀关东,举酒问天醉。花落竟无言,奈何夜不寐。"以精神战胜对手。诗后有小注,说明此诗意旨。

丙午年(1906)。《九日登龙华塔同诸贞壮邓秋枚》,笔调婉转,此诗可见。"九日龙华车似水,客中聊复作清游。一江入海浑成瘴,百里无山只见秋。强欲登临过此日,未须流涕对高丘。茱萸各有乡关感,难遣天涯共倚楼。"有出世、救天下之概。《沪江重遇罗敷庵歌席中赋赠》中的"雨雪渐多残醉后,江湖同在未还时",好句。《题郑所南诗集后》《与潘若海步月归作》,两首可圈点。《岁暮示秋枚》,此首写得好。"来日云何亦大难,文章尔我各辛酸。强年岂分心先死?倦客相依岁又寒。试挈壶觞饮江水,不辞风露入脾肝。何如且复看花去?蓑笠人归雪未残。"中间两联尤妙,转折中有深刻的诗味,句子是自己的风格。他后来诗作来作去,总是这种调子。《除夕有怀广州故人兼送刘申叔元日东渡》"近海楼高特地寒",有些做作,郑孝胥同样的句子就写得自然,黄写得就吃力些,他还不可与郑孝胥比。

戊申年(1908)。《二月十二日过新汀屈翁山先生故里望泣墓亭吊马头岭铸兵残灶屈氏子孙出示先生遗像谨题二首》,二首诗跌宕有致,极好,连同下诗很出名。其一:"式闾过里独彷徨,尽日追寻到此乡。一族义声存废灶,孤臣辞赋痛浮湘。更谁真意绌诗外?不减春阴过夕阳。我愧长沙能作赋,摄衣来拜道援堂。"其二:"西北经营似有无,荒原草木待昭苏。事难语世终多佚,名已从僧且易芜。著述尚闻传大岭,丛残曾见落三吴。载凭遗像殷殷祝,自有精心在八区。"两诗前首跌宕,而后首又有些不饱满。前首改过,见《粤东诗话》卷一页六。《七月初六日赴沪海上大风》,作得好。"生计坐怜秋一叶""归程冥想浪千层",郑孝胥句。与黄诗中之"漂泊正如秋一叶,寻常经见海多风",同调。《岳坟》,乏味。《中秋步月用丁未海上韵》,句句饱满。"又将佳节付闲身,独溯城南迤海滨。万态争看初上月,千秋强忆此宵人。故乡饼果围儿女,短屋灯旗接比邻。三载客游吾亦倦,渐愁双鬓有霜新。"

我认为黄节古诗写得远较律诗好,这与陈三立评价不同。五古《杂诗》"黄菊未始华,梧桐尚成阴。迟霜寡秋色,夏荫留鸣禽",前四写夏秋转折,喻自己心态及社会;下面"譬彼绝续交,容我徘徊心",这两句写出他转折中的迷惘心态;"黄陈一已往,吾衰宁自今。能毋始今朝,更溯浔阳寻。南山不在目,有酒谁共斟。"末两句谓这时不能追陶渊明,但又无知音。《杂诗》"风雨忽然至"首,极好,从陶渊明格调中来。这类诗对理解作者极有帮助。《题霜腴图为朱彊村先生寿》,朱为遗老。《杂诗》"沧海有回澜"首评价曾国藩、左宗棠。黄公度评曾国藩,持否定的态度。《人境庐诗草笺注》页一二四六《年谱》:"曾文正者,事事皆不可师,而今而后,苟学其人,非特误国,且不得成名。"黄遵宪诗抒情性不强,而康有为诗感情奔放。诗界革命风格不一致也。康有为将翁同龢推为中国近代维新第一位导师,见康有为悼翁同龢诗。

卷二。《杂诗》,得阮籍《咏怀》诗精神,也得陶渊明《杂诗》精神。《咏怀》诗用比兴,《杂诗》见精神,直道胸臆,无曲折。"清初说理学,学故在遗逸"首,清初遗民讲理学者,一为太仓陆桴亭,一为张履祥。理学分为两派,一为周、程,一为陆九渊。接云:"乾嘉盛考据,词流亦辈出。随波遂不返,道咸稍佽佛。世风虽数变,士行未全失。秋高木始落,水尽沙露骨。同光迄迩来,雅道直萧瑟。孤鸿日南还,师门廿年阔。登高我何思,古人重仿佛。"黄节《杂诗》"黄菊未始华"首、"风雨忽然至"首,这些《杂诗》都向内心方面挖掘。"东风雨与俱"一组杂诗,较前更佳。完全以阮嗣宗、陶渊明笔法为之。

梁鼎芬、王国维、张尔田,均为遗老。黄节后期受遗老影响很重。《吊王国维》一诗，完全遗老口吻。其五言古诗最出色，律诗未免应酬味道。

　　光绪以来，代表主流者，自然是变法派、诗界革命派，诗界革命派有的人是变法派，如梁、谭、康等，但变法派者也有不是诗界革命派的，如戊戌六君子中的刘光第、林旭等。"同光体"三代表，陈三立、沈曾植、郑孝胥。沈曾植参加强学会，也主改革，但属维新中的右派，倾向翁同龢，对康有为不大赞同，只赞同刘光第，赞成维新而不赞成激进的变法。陈三立当时年轻，辅佐陈宝箴在湖南推行变法，是变法的实干家。郑孝胥在戊戌年到北京，受光绪召见，即出京，未参加变法，而且是倒霉者，未受光绪帝赏识。"同光体"三人，态度不同，沈为变法中右派；陈三立为中间偏左，实干者；郑为变法中的失意者。三人在戊戌事变中境况也不一样：陈三立"永不叙用"；沈曾植因"丁忧"在戊戌前回籍；而郑孝胥应张之洞邀请任京汉铁路南段总办，驻汉口，次年居武汉。此时，沈、郑与陈石遗居住较近，彼此互相唱和。这一段聚会决定了"同光体"理论，陈衍提出"三元"说，"同光体"倾向在这时显示出来。此时风雅坛坫主持者为张之洞。这些人逃避在就诗论诗范围。张之洞较喜欢郑孝胥的诗，而不悦沈曾植诗，因其诗古怪，生涩典故，不好读。梁启超《广诗中八贤歌》评陈三立云："义宁公子壮且醇，每翻陈语逾清新。啮墨咽泪常苦辛，竟作神州袖手人。"末自注云："义宁陈三立伯严。君昔赠余诗有'凭栏一片风云气，来作神州袖手人'之句。"但梁氏所说陈三立这两句具体出自何诗,已难确考。

《海日楼诗》,不是沈曾植自己编的,是我编的。《海藏楼诗》为郑孝胥自己所编,能够体现郑诗特点。已删掉的,见《石遗室诗话》(初版),后作者将郑孝胥诗抽掉了。其《近代诗钞》亦同。《郑孝胥传》(有年谱)。关于郑孝胥,有一文很重要。林纾《海藏楼记》《新古文辞类纂稿本》卷五十,《杂记类》六:"戊戌召对养心殿,已而放归",疑有人介绍,也许是翁同龢。"海藏"两字,取苏东坡"万人如海一身藏"诗句意思。林纾对郑孝胥诗极推重,谓:"余笃嗜之不去手。古体取径江、谢,合响贞曜,闲适之作,夷旷冲澹,而骨力之坚练,一字不涉凡近。诗体百变,咸衷于法。语质而韵远,外枯而中膏,吐发若古之隐沦,则信乎其能藏其锋也。"林纾《旅行记题》"画征"一文中,有一段话斥当时诗坛之好宋风习文见《晚清文学丛钞》,但论郑孝胥却极为推崇。平心而论,"同光体"诗人中,郑孝胥的诗易引起人们的兴趣。他用典无论懂与不懂,都可读通诗。

俞明震。石遗之《近代诗钞》《石遗室诗话》所选均为成熟之作。俞明震带过兵,到过台湾,在"台湾民主国"做内务大臣。失败后,在江西带兵,后又为提学使。他早期有不少与范当世唱和的诗,故其诗有范当世味道。在台湾也有诗,但尚幼稚,他的成熟要较其他人晚。台湾政要俞国华为俞明震后人。

萧一山《清代通史》很有价值,写清开国,很多历史正史里没有反映，为《清史稿》之《本纪》中所无，记述"台湾民主国"十分详细。

俞明震《觚庵诗存》早期诗多思想进步之作，关心民生疾苦。风调与范当世很有相同之处。后来到甘肃，诗艺大进，功力深厚。而去台湾前后，却很力不从心。大凡七律空阔，五言中有深刻者，为宋人笔调。《章江晚泊》"江山寥落同萤照，城郭苍茫与雁齐"两句，绝好。

曾习经，字刚甫，号蛰庵，广东揭阳人。广东四家之一，其中黄节诗个性最强。曾习经早年在广东读书，梁鼎芬在"粤海堂"主讲。两人诗风较接近，但曾诗芬芳悱恻，较梁为精。就创新讲，两人都谈不上，总是以古人为法。罗惇曧也谈不上创新。

《送江孝通归里》二首，思想较进步。诗作于戊戌前、甲午战争后。这首五律，是格调高古的典型。其一："忧愤终何补，倾危势已深。天心实仁爱，雪意况阴沉。不寐迟明发，临风寄远襟。孤根亦何赖，所得是知音。"其二："此日饮归客，前期送逐臣。眼看不得意，相顾各沾巾。莽莽春无主，凄凄去所亲。未应从屈贾，歌哭损天民。"此类高古五言者，王静安能为之，但内容是遗老口吻。章太炎高明一些，他保存在《太炎文录》中诸作，佶屈聱牙。他的好诗大多发表在《浙江潮》。代表作为《狱中赠邹容》《狱中闻沈禹希见杀》等，以魏晋高古格调来写，无人可及。鲁迅也可写这类高古的五律，鲁迅早年所为古诗,大多不好,但有一首《莲蓬人》较好,寄托中可见人品,正统派。民国元年写《哀范君三章》,即太炎格调。"五四"以后所作风格雅洁,多有寄托。

《送常熟翁师傅归里》,六首五律,翁松禅四月免职归里。送翁同龢的诗有许多,沈曾植、沈瑜庆均有。福建人包括陈宝箴与翁不是一派,尽管沈瑜庆女婿林旭为"戊戌六君子"之一。本诗风格高古。其一:"天问殊难答,臣心久郁陶。遥怜贾生策,不分屈平骚。江海沉冥易,湖山歌舞劳。向来忧国意,余愿老蓬蒿。"五、六两句,一言翁同龢归里,一言慈禧等歌舞。其二:"从此遂摇落,于今真远游。浮云低北渚,孤月过南洲。文藻秋兰气,客心沧海流。凉风起天末,凄断殿西头。"三、四两句,一言光绪帝,一言翁同龢。这组诗是学生送先生的口吻,写得很好。若这六首压缩为四首,就更精了。六首有些意思重复。《秋斋五首》,风格高谨,这种诗有味道,神韵好,低回往复。虽不直讲政治,但时代气氛自见。如其一:"一枕春愁似影烟,撩人秋色又今年。中庭已少闲花草,每到斜阳独惘然。"《病起不寐读党锢传》,写戊戌变法:"秋玉何妨折,明灯竟自煎。不才逢世难,将泪寄遥年。此意无人识,孤情不厌偏。惟怜新病后,残月曳虚弦。"一、二两句言变法君子。《落叶四首》,借以寄托王宫之事。这几首落叶诗不及曾广钧《庚子落叶词》、李希圣《落叶诗》好。《题朝鲜闵妃影像》,朝鲜留日学生回国后,要求改革,闵妃较开明,用闵妃兄弟,被火烧死,引起政变。《平谷杂诗》十八首，这几首杂诗是杜甫《秦州杂诗》的调子。《平谷秋兴》六首，好诗，风调情感均极深。《南归初发都留别寓居草树五首》，咏物而寄托遥深。《崇效寺牡丹开后作》，写北京崇效寺牡丹诗，张之洞所作最好，为杨锐被杀作此。曾习经这首，是他七律中的上品，最能代表曾诗风格，真正得李义山神韵，又能参照宋人神韵，同李希圣纯粹的西昆体不一样。"怅卧春归十日阴，落花台殿更清深。被栏碧叶如相语，辞世青鸾不可寻。物外精蓝谁舍宅？乱余恶竹又成林。迷阳却曲饶忧患，那得端居长道心。""迷阳"，楚王唱的歌，见《庄子》。时代感情极饱满。以他的身份，这样写恰如其分。写诗身份要相称，以康有为的身份这样写就不合适了。《桂东原腊尽日自营口晓发盖州诗简栖瘿公均有和作因次韵寄怀东原兼呈简栖瘿公》："钟沉百杵酒微醒，念尔冰天雪海行。绝塞牙旗明杀气，故家箫管狎春声。相看袖手真无赖，稍近弹棋便不平。自是中朝重边禁，当时枉却弃繻生。"《和李亦元春寒四首》，以义山风调写。作西昆体，要熟读义山诗，句字都可化用。后来学义山诸家，均有此好。这几首诗以辞藻敷衍出来。《寄湘潭齐草衣》，齐草衣，即齐白石。

陈三立、郑孝胥均不提龚自珍，而沈曾植却对龚评价很高。写了两篇文章，推崇备至。一篇早年，一篇晚年所作，评价相同。这可以说明什么问题？可根据我的文章进一步进行研究，为何沈曾植诗学大不同于龚定盦，却如此推崇龚定盦？希望你们像样地编一本清史诗,要有新的分析。

罗惇㬎,广东顺德人,有《瘿庵诗》,叶恭绰为刊行于世。梁、黄、曾、罗并称"粤东四家",并非由于他们代表广东诗最高成就,乃在诗学宗旨的相同——学宋。罗学宋,得益深者为陆游,且由学李商隐转而入手。黄节序其诗:"蚤岁学玉溪子,继乃由香山以入剑南,故其造境冲夷,则在中岁以后。"叶恭绰序其集,则以为:"君诗凡三变,光绪庚、辛前导源温、李,于晚唐为近。逮入北京,与当代贤隽游,切磋洗伐,意蕴深迥,复浸淫于宋之梅、苏、王、陈间。鼎革以还,寄情放旷,意中亦若有不自得者,所为诗乃转造淡远,具有萧然之致。"这说明,除陆游外,他于宋人尚得力于他处。所谓当代贤隽,主要是指陈衍、赵熙等。《石遗室诗话》卷九云:"掞东与尧生及余,为文字骨肉。"罗惇㬎曾使他们为自己删削诗集,因此,"浸淫于宋之梅、苏、王、陈间",主要是受陈衍、赵熙的影响。

罗惇㬎诗歌的重要特点是反映了这位才丰遇啬的知识分子的客观境界和内心世界,颇放的笔法描绘了"新儒林外史"的一些景象。他与梅兰芳友善,游京华时,常有度曲之会,盖于音吕慢令之故,颇为精研。其以下诸作,颇可圈点:《乙未感事》《罗两峰鬼趣图》《半山寺即荆公舍宅》《登清凉山》《盘山宿万松寺》《万松寺待晓》《辛亥九月任公自日本须磨归国相见于辽东旋同还须磨》《壬子正月十二日作》《寄桂东原英伦》《偶过寒云庐》《雨后别云居寺》《重宿泰山斗姥宫大雨》《十二月二十九日集法源寺为陈后山逝日设祭》《喜桂十东原至自海外》《贾郎壁云自沪上归相见赋赠》《三海》《金拱北摹绘冒巢民自写董小宛病中小影属题》《西湖宿俞氏庄晓至灵隐寺古微恪士仁先同游》《题齐白石花鸟画册》《同侃甓登青云塔》《江汉之间杂诗》。

莫友芝，以考据为诗之流习典型者，尤以《红崖古刻歌并序》为甚。其诗前序有一千多字，述"红崖削立贵州安顺府永宁州西北六十里"来源等。诗约八百字，句中又多夹以小注，征引旧籍，甚至古文字。《南阳道中》《有感二首》，尚可圈点。

徐子苓，字西叔，一字叔伟，号毅甫，又号南阳子，安徽合肥人，著有《敦艮吉斋诗存》二卷。生平事迹，见金天羽《皖志·列传稿》本传，马其昶《龙泉老牧传》。子苓以诗文驰名咸、同间，为皖中诗人之杰。谭献曾选子苓和戴家麟、王尚辰诗为"合肥三家"。陈衍以为"戴不如王，王不如徐"。其诗沉郁苍凉，直逼杜陵。姚莹为其《敦艮吉斋诗存》题词云："古直浑坚，其源自汉、魏来，皮相者以为山谷之学杜陵矣。五七言近体体洁思清，时获妙绪，佳者在高、岑、王、孟之间。"鲁一同题词云："奇俊宕逸之气，足以俯视流辈，读之如当大敌。是谓神勇。其怀人、赠友、行役诸作，原本性情，故激昂披露，正复纡余深挚也。"何绍基题词云："独得雄直气，发为古文章，锤炼精坚，当以五古为尤胜。"孙鼎臣题词以子苓与鲁一同并举，以为鲁之精整似程不识，徐之雄奇似李广。而孙尤叹服徐。徐诗为同时桐城派作者和宋诗派巨子所推崇，由此可见。但集中有关时事诸作，颇多污蔑太平天国革命之词。

《洋烟行》，写鸦片烟。《哭阿健五首》，感情真挚凄切。《烟灯行》，写吸食鸦片，导致家破。《饭树谣》《饥妇词》《中秋后十日夜书啸和尚水灾诗后》，写民生之苦。《养鱼》《种菊》，通过咏物写性情。《索逋词》，长篇五古，写贫困生活。《乞丐行》《后苦雨五首》《调小奴》，亦佳作。

孙衣言，字劭闻，号琴西，浙江瑞安人。身前自订其诗，为《逊学斋诗钞》十卷。生平事迹，见姚永朴《孙太仆家传》。孙衣言为清末学者孙诒让之父，本人亦是学人，出于祁寯藻、曾国藩之门，与近代宋诗派具有一定渊源。俞樾与之同门，同为学人。《逊学斋集》有俞樾一序，谓"其诗上追汉、魏，而近作尤似苏、黄"。然孙、俞为诗宗尚不同，俞所师法的是白居易、袁枚一路，而孙崇尚黄庭坚，开清末浙派袁昶、沈曾植的先声。谭献评其诗，以为"篇体清峻，学人之辞，古诗胜近体，七律胜五律，可谓笃雅有节"。符葆森谓其诗"中有奇气往来"，"真不拾前人一字而自成壁垒者"。狄葆贤亦谓其"古体胜于近体，五古冲澹深秀，七古雄放典雅"。陈衍则谓其"五言古步武六朝，下逮王、孟，七言古则宋响矣。七言律似欲以使事见长"。这些评论都着重称许其古诗，然七律亦多佳作。《扬州》："二月烟花奈客行，小红桥外雨初晴。最怜明远伤时后，犹有隋家水调声。六代山河残雪尽，早春城郭绿杨生。千秋呜咽邗沟水，人世樊川别有情。"难得佳作，其中五、六两句，虽使钱谦益、王士禛执笔，未必能胜过它。

王拯，初名锡振，字定甫，号少鹤，亦作少和，广西马平人。有《龙壁山房诗集》十七卷。生平事迹，见《清史稿》本传。王拯为广西著名的桐城派古文家，他又是诗人，与朱琦旗鼓略相当，都属于桐城诗派。广西之有朱、王，犹黔中之有郑珍、莫友芝。莫不如郑，王亦稍逊朱。林昌彝《海天琴思录》谓其"抚时感事之作，音节凄怆，如哀笳晓角"。祁寯藻题其《书愤》诗后云："文章出入杜韩间，壮岁忧时未解颜。《书愤》一篇诗史在，《北征》终合胜《南山》。"但可惜《书愤》一诗中多污蔑太平天国革命之词。

梁启超。就梁启超自己的诗歌创作而言，可分为两个阶段：一是参加"诗界革命"运动前后的早期阶段，一是从陈衍、赵熙诸人问诗法的后期阶段。其早期诗歌，全凭才情为之，虽如陈衍《石遗室诗话》所说，是"天骨开张，精力弥满"，但比较草率，比较粗直，比较浅显。后期则摒弃了"诗界革命"之主张，而所作却能敛才就范。他学杜甫，学宋人，真正达到"熔铸新理想以入旧风格"之境界。故陈声聪有诗咏道："新词新意乍离披，梁夏亲提革命师。曾几何时看倒退，纷纷望古树降旗。"自注云："梁任公、夏穗卿诸人倡'诗界革命'，夏早世，任公中年后一意学宋人。"康有为在《梁任公诗稿手迹》中批语，多以之比杜诗，以"诗史"赞之。

冒广生，字鹤亭，一字钝宧，号疚斋，江苏如皋人。著述繁多，部分刊入《如皋冒氏丛书》，中有《小三吾亭诗集》八卷。生平事迹，见冒效鲁《冒鹤亭先生传略》。尽管冒广生与陈三立、陈衍等"同光体"诗人交往甚密，且于宋人诗，特别是后山诗致力极深，他曾为《后山诗注》作补笺，并在《补作山谷生日诗得杀字》自称"我诗学后山，苦未得其拙"。但是，他为诗却与"同光体"迥异，他不学宋人，更不学江西派，不入黄庭坚、陈师道之门，而是宗法三唐，追求豪放明快、雍容大度、辞藻华丽、情韵并茂的诗风，如袁祖光《绿天香雪簃诗话》所云："鹤亭诗豪爽英迈，有御虚直行、驱风挐云气概。"就此而言，在清代则与吴伟业、钱谦益、朱彝尊、陈维崧、王士禛为近。这一方面是受了晚清江左崇尚唐人的所谓"晚唐派"（一称"江左派"）的影响，另一方面则是受其外祖周星诒的影响。在《小三吾亭诗集》中，有许多论诗之作，自陶渊明至公安、竟陵均有论述，他对前人多中肯的评价，同时又阐发了自己的一些诗学观点。汪国垣《光宣诗坛点将录》予以"地幽星病大虫薛永"一席，赞为"浐雷震，君莫问，揭阳镇。鹤亭为周昀叔甥，诗境俊爽，情韵并茂。所谓何无忌酷似其舅也。晚年与闽赣诸家通声气，诗益苍秀"。这是似赞而实贬之论，酷似周星诒又何足道。我写《近百年诗坛点将录》纠正了这一偏颇，以"天贵星小旋风柴进"一员与之，谓其"功力之深，夫惟大雅，卓尔不群"。何以比之柴进？广生为成吉思汗子孙也。

之八

金松岑《天放楼诗集》。张謇序:"昔人有言,文章风气随时代而异,固也。吾以为随时代而异者,风耳。若气,则随山川而异。前例不胜举,论吾苏之诗格,则江南北不必同……尤天下知闻之形胜也。而地处温带,气候又适中,故士习好文而发为诗歌,无华朴,无晰奥,无夷峻,玩其气,殆莫不清深而和雅。吴江金君松岑,好为诗,斐然有以自见。吴江山川旧隶吴郡,近代诗人若计、若潘、若吴,其与当时诸先辈鸿声茂誉,犹骖之靳焉。金君生计、潘、吴三先生后,翘才露颖,极于学以为工,亦可谓卓荦不群者矣。其诗格近石湖,又蜕其华而约其博,饮其清而纳其和,不尽袭也。今学者阿世,方昌言以白话诗号召后进,一若非白话不足云诗。夫白话亦文章之要,不独诗然,故既为诗,则诗可话而话不得即为诗,而附和之者群盲瓦缶而雷鸣,君犹守所学颛颛焉,以古人为法乎?抑可谓空谷之足音矣。属一渡江以诗见示,将刊而征叙,因书所见以还质之。"

叶德辉序:"……金君诗格调近高、岑,骨气兼李、杜,卑者不失为遗山、道园。余每语人:金君诗皆千锤百炼而成,读之极妥帖,造之极艰辛。君闻之欣然,以为余知甘苦也。今海上遗黎,盛倡江西一派,生字涩句,于山谷并不得皮毛。湘中末学,剽袭六朝,其端肇于湘绮、白香,诗境日穷,诗道益梗。七子空廓,钟、谭纤仄,始必有人阶之厉而后及于沦胥,此余每与金君论诗所为太息者也……余谓金君与费君诗,同为吴江诗家后劲,而金君尤深于文,平时出入周秦诸子、《语》《策》、迁、固,融洽而得其天全,义法不薄八家,独能窥其本原所自出,故其诗与文通消息,不肯为苟同之辞。吴江山水之清奇,与太湖诸山别成一丘壑,其人文之特秀,秉受固自不同。今吴昆经学日就式微,而吴江诗人乃鼎鼎如此之盛,读金君之诗,是又可以观国风之隆替矣。"

《天放楼诗集》中有关诗界革命东西不少。这意味着,一方面新,另一方面反映现实。《海军行乐词》,讽刺海军行乐。黄遵宪反映现实,丘逢甲意气飞扬,丘之长处,黄不具有。金松岑诗注重抒情,气象万千,爱国精神体现于诗的语言中。甲午之战的诗作得好,如《感事》。李慈铭写甲午战争诗也好,但不及金作。《政变》,写戊戌变法。《呵壁》四首,写得好,功力深。其一:"呵壁诗成学问天,伤心难过鼠儿年。十关到处传烽火,九庙经时阙豆笾。泥马无情来渡主,金人有泪不成仙。可怜六甲虚缠命,空手难征度厄钱。"其四:"豆粥芜亭泪未干,两宫西笑望长安。使金人物关心召,诅楚文章掩面看。国计险拼枭一掷,军情密递蜡双丸。公卿幸脱排墙死,留与天家锡剑槃。"《招国魂》,诗前小序云:"友人包公毅为是歌,余更重作,谱以风琴,厥声悲壮。首联发端,则仍包君之旧。""包公毅",即包天笑,礼拜六派小说作者。这一类诗黄公度也有,但不留于集子中;梁启超有,存之。这是诗界革命派新体诗,也说明他们是以怎样的形式表现爱国思想的。郑逸梅《南社丛谈》引范烟桥《茶烟歇》笔记,其中记载包天笑等人在狮子山招国魂并作诗之状况,可见当时人精神。金松岑《招国魂》诗云:"吁嗟美哉神圣国,沉沉睡狮东海侧。妖梦千年醒不得,莽莽河流浸山色。河源上溯昆仑极,我祖于焉斩荆棘。鬼雄长啸髯如戟,魂兮归来我祖国。"如是者五章。《辽东》,写日俄之战。《读黑奴吁天录》,表明了他对小说的注意。《都踊歌》,黄公度同题诗作,写日本男女恋情。金天羽此作借以"托兴",托英日同盟事,从"郎在海西兮,珊瑚交柯,荷荷!妾在海东兮,斜抱云和,荷荷"等可见。《杂感》八首,为龚自珍风格。金另有《孤根集》,为早年所为诗,可见其思想之激进。《杂感》其六:"海阔天辽辽,欧亚文明交。花叶相当对,雅颂笙管调。昨者成吉斯,首赴拿翁招。今兹华盛顿,前来访帝尧。我疑哥伦波,前身骞与超。梭柏逢孔孟,班荆相谐嘲。卢梭毒世人,不崇黄余姚。峨峨伊符塔,祥云捧高标。喤喤自由钟,沧溟震寒涛。风日太平洋,欧亚文明交。我执惜不化,魔难生群妖。微妙而圆通,斯人其寂寥。"反映了中西文化交流。《广游仙诗》十二首,极好。写新事物,极有气概,末二首尤如此,对世界、对宇宙的想象。以前我读松岑诗,不注意这一类诗,而多注意《登仙谣》一类作品。《金陵杂诗》,己酉年(1909)作,不是以神韵格调去写。松岑进步思想,到辛亥革命成功后,就在诗里看不见了。《辛亥纪事》,比较客观,并不狂热。"生儿如此太英雄",对孙中山亦有讽刺。

金天羽早期属诗界革命特点的东西,到辛亥革命就为止了,其后有一点,但并不主要,注意力放在吸收各种艺术技巧上。故辛亥后诗,不同于前。写山水、写游历、怀念朋友之题为多。尤以写游历为主,关于时事爱国之作则极少了,只有《胶澳》二首,写德国占胶州事。《饮马长城窟》,民国五年(1916)作,写蒙古王公情况,打到长城边,但具体事搞不清楚。《嵩山高》,写袁世凯,写得特别好,当时写袁的诗,为我所见到的最好的一篇。袁世凯为河南人,故题取"嵩山高",用乐府调子写。"碧丛丛,高极天,吹笙王子冠列仙。腾龙跱鹤嵩高巅,下观尘世三千年。白水真人地下眠,黄袍不上太尉肩。嵩高王气今萧然,上不生高光,下亦不生曹与袁。鸿名神器一暗干,渐台之水沦为渊。西陵歌吹送老瞒,妓衣空向高台悬。分香卖履烧纸钱,会有瓦砚铜爵传。铜爵之台临漳起,即今亦作当涂视。盖棺未到难论定,晚节竟被千人指。千人指,一朝死,南面王,东流水。五岳峻极嵩当中,愿天不生帝子生英雄。""即今亦作当涂视"句,点袁世凯做皇帝。此前,追抚其地历代帝王无非一去。《车中望居庸关放歌》,写得极有气概:"太行之脉常山蛇,西来争道相要遮。到此二蛇忽相轧,赤鳞翠甲纷腾拏。盘腰竦节屈项背,南望张口如虾蟆。我车径从南口入,蜿蜒石壁行徐爬。卧观叠嶂泼石黛,起视怪石铦莫邪。山高谷深动百丈,关门雄踞如排衙。九地九天自升降,长城彩射朝暾霞。太行八陉此最隘,飞狐紫荆多歧叉。手掷万魂赌斯口,当关虎豹雄须牙。华夷兴丧决俄顷,批亢捣隙乘其瑕。此关若失走平地,铁骑半日趋京华。冥行大隧瞥如驶,山根地肺穿成洼。风雷疾止天地朗,康庄高柳垂平沙。回头却望八达岭,女墙百折屏风斜。我闻居庸看枫天下最,深秋九月红于花。宣化葡萄西来新酿熟,霜林爱晚行复来停车。"写居庸关气象万千,极好。《张家口大风雨作歌》,也好。《重过居庸遂登八达岭至长城之巅》,用杜甫《剑门》调,仄声韵,极好。金松岑写"西湖"诗不协,写西湖要用另一种笔墨,而金之风格与此不侔。《七星岩亦名柯岩》,气概高。《洹上村感赋》,亦写袁世凯。《题梅芬抚剑图》,七古长篇,用梅村体写,极好。《黄山歌》,写松,从何绍基《飞云岩》变出。《天都峰》《莲花峰》,都极好。许承尧黄山诗写得最好。《艺林九友歌》,用《饮中八仙歌》调子写。《虫天新乐府》,写第一次世界大战。《罗刹国闵俄皇刺李宁(列宁)也》,写到了列宁。这里的组诗,概括了欧战,需要笔力。他作诗十分高古,不似黄遵宪写时事,通俗易懂,故而我十分佩服。他用的这种方式,是前无古人的。

《天放楼诗集续》。上一本有一首写"中秋"的七古,是"九一八"中秋,很重要。另一首《黑云都》,五古,写土耳其独立革命第一任总统凯墨尔。再一首《狮须裘》,写非洲俄比西尼亚(埃塞俄比亚)。这三篇很重要。

《天放楼诗季集》。前有一篇松岑传。较好的诗有《红棉》,宋湘《红棉》以律诗写,松岑此首以古诗写,是自己面貌。《自安南牢该渡南溪入滇境迄宜良止车中见山岭怪伟重沓恫怵心目纪之以歌》,写得怪怪奇奇。《盘龙寺》,极好。《海防桃山观海水浴》,新题材,"海水浴"不曾有人写过。写新题材有各种各样方式,同样题材,在不同诗人笔下呈现不同风貌。《戏赠张大千索画》,写得好极了。《岁暮寄怀赵星澥昆明》,其中写到我:"少年诗客钱梦苕,常熟钱蓴孙,最近订忘年交。大翻筋斗门前过。公然捉住快弟蓄,蹴踏诗城所向破。中原称霸非难事,殁父才语况惊座。"全诗刚柔相济。《欧冶池在泉山下》"官家不铸横磨剑,欧冶池头纳晚凉",讽刺不抗战。"欧冶池"在福建。松岑写国事,往往不从正面着笔,而别有视角。如《端阳至矣开笈得钟进士四图奇趣满抱乘醉命笔匪云讽议聊致轩渠》四首,就是从别的角度写国事。

我与松岑相识,在上海淞沪抗战时,我写了许多抗战诗,得黄炎培赏识。黄炎培与金天羽友善,荐我于金,故相识。我个人,小时受《学衡》影响,而不是受《新青年》影响。《新青年》，我那时很看它不起。《学衡》为胡先骕等留学归国学生主持，由中华书局出。

黄曾樾，石遗学生，写《石遗先生谈艺录》。

松岑到四川白相的诗，最难写的有两题：《姑姑筵》，四川名筵，很难写；《游青城山》。游峨眉山的诗，有两首顶好：《滑竿诗恼石遗翁》与《雨霁下九十九道拐》。这种诗我不会写，佩服得很，难写，且韵险，用的是"溪"韵。这两首诗写生活，很别致。白话诗写不出来。卷十九《西京诗》两诗，写西安事变。《有从军于黔得虎以赠善子置之网师园去其槛夜宿主人房王秋湄之夫人曰虎若皈佛当永戢野性遂受戒于报国寺印光法师今闻其病也以诗讯之》，动宕开合。其后许多乐府诗以第二次世界大战为背景，能够以之写出这么多乐府诗，尚无第二人。

《天放楼文言》两册，《天放楼续集》一册，均为文章。从中可见出松岑对诗的见解，但现在尚无人去从中梳理他的文学观念。"附录"中《余之文学观》一文，代表他早年对文学的看法，很重要。《文学上的美术观》，谈文学美学。论诗的文章：《致印度诗哲泰戈尔书》《答樊山老人论诗书》《与郑苏戡先生论诗书》、《答苏戡先生书》、《再答苏戡先生书》。《天放楼续集》中有些为别人诗集作的序。有几篇序很重要：《龙慧堂诗集序》《靳仲云过江入洛二集序》。《五言楼诗草序》，公开向"同光体"挑战，斥陈石遗。为我的诗集作的那篇序，也很重要。要看他早年的《孤根集》。

汪荣宝，字衮父，江苏元和（今苏州）人。生平见章太炎《故驻日本公使汪君墓志铭》。西昆派在湖南主要为李希圣，次为曾广钧。苏州主要是邵元君、汪荣宝等人。这其中，李希圣完全是西昆体，其集子里全部都是近体诗，全都是李商隐体。曾广钧就有些野了，不完全是西昆。苏州地方西昆有一些特点，因素不一样。他们从西昆立身，但扩大了，诗学观上有些改变，认为诗不应只限于西昆。汪荣宝、张鸿等，在早期京城做官时，主要倡导西昆体，在京住西砖胡同，互相唱和，印为《西砖酬唱集》。后来扩大范围，张鸿学生孙景贤主倡西昆，诗有《龙吟草甲》，为自订，《龙吟草乙》为他人所订。数量不多，也有几篇韩昌黎调子的诗及梅村体诗，如《宁寿宫词》，写李莲英，就不是西昆体。这些人，西昆写得精的，一为汪荣宝，一为孙景贤。张鸿长期做日本领事，孙景贤随张幕，汪荣宝在民国亦任驻日公使。张的学问很好，翻译《成吉思汗实录》，由日文翻译为中文，但书未印行。前一部分零星发表在金松岑主持的《国学论衡》上，作过佛学笔记，会写小说，有《续孽海花》。汪荣宝为太炎学生，治音韵训诂等。有扬雄《方言》《法言》说解的书。音韵学上，有创见，有《论虞妃韵夏子韵通转》的文章，发表于《学衡》杂志上。汪荣宝不仅是外交家、学问家，且词学素养很好。作西昆体就要有学问，西昆以用典为特点，没学问不行。李希圣是版本目录学家，藏书很多，有著作。两手空空作不了西昆体，不像作"同光体"。郑孝胥诗就不用典，而陈衍就要用些书典。浙派就不一样了。陈三立诗全靠雕炼功夫。

汪荣宝的诗集很难见到，死后他人为搜集印行，有《思玄堂集》。《感事》，是标准的西昆体。无寄托不要写西昆。此以爱情写国家大事。"玉宇初寒夜漏长，宫中行乐事难量。新声宜号千秋戏，残粉犹堪半面妆。玄菟戍空边月黑，朱厓路断海云黄。如闻故老思飞将，泪洒金河雁几行。""飞将"，李广，影射李鸿章。这首诗写中日甲午战后局势。李鸿章的外交，意欲"以夷制夷"。"金河"，指北方地区，谓李鸿章到莫斯科参加俄皇加冕典礼事，与俄人签密约，以制约日人。末句出杜牧诗。以前将俄国译为"罗刹"。本诗表现时事，隐隐约约，不似他体的爽爽快快。《埃及残碑》，二首五律。义山五律学杜甫。其一："古国五千岁，榛芜独早开。象形同诘诎，画革有胚胎。与汝深檐覆，因谁巨舶来？嗟余钳在口，欲读重徘徊。"其二："尼路河边草，春来依旧青。霸图无影响，文治日飘零。鬼物荒祠画，莓苔废塔铭。犹余一片石，天上炳华星。"

《纪变》三首，写庚子事。其一："九县陵迟日，三灵震动年。欻惊星入斗，真恐海为田。草木纷摇落，乾坤孰转旋。此时天帝醉，未敢诉缠绵。"写得隐约朦胧。其二："不觉鹃啼痛，宁知燕啄伤。高名虚四皓，哀咏动三良。卫国棋无定，周京燎不扬。小臣魂魄散，不信有巫阳。"首句借鹃指光绪皇帝，次句燕啄王孙，用西汉赵飞燕故事，借指慈禧太后。叶赫那拉氏与爱新觉罗氏结世代冤仇，清廷规定叶氏不得为后。慈禧为咸丰妃，但生下同治帝。咸丰遗命于东太后制约之，而西太后骗得咸丰手诏后，谋死东太后，逐步篡权。此句用典极好。"高名虚四皓，哀咏动三良"，大阿哥为太子，请教师，用张良请商山四老事为喻。"三良"，指袁昶、许景澄等，用秦穆公死时殉葬的三个大臣为典。"不信有巫阳"，不信有巫阳可能招魂。其三："直道今何在？奇悲古未曾。侧身思柱石，雪涕望觚棱。蹄迹方交错，川原况沸腾。诸公行老矣，何语谢长陵？"这三首诗写得好，李义山风格。《商君》，写得好。"公孙才调亦堂堂，新法千言在抑商。岂识邯郸有豪贾，却将奇货视秦王。"《重有感》十首。其一："草堂万木长风烟，高卧南溟几岁年？刘向传经无百两，牟长著录过三千。连鸡战国纵横局，乘马兵书甲乙篇。从此燕齐迁怪士，颇闻扼腕道神仙。"典故澜翻。其二："适野已知吾道绌"，用《论语》中典故。其三：写得极为典雅，"边尘夕黯海波遒，鸣毂徒增圣主忧。霸越奇材思范蠡，新周经术得何休。升车慷慨倾三辅，倒屣逢迎遍五侯。闻说孔公能荐士，云霄一鹗好横秋"。《秋怨》，七律，典型西昆体，写光绪帝被囚禁情况。《乙亥除夕病中隐南寄示新诗有早朝车马客应有泪沾巾之句怆然感赋》，"隐南"，指张鸿。《出都兼旬得北书不能成寐》，写义和团入京，要出都离京避之。《早春即事》，回到苏州。《渡海》三首，其一："积水真安极，长风偶此时。及关犹有叹，去国可无悲。礼失求于野，官亡学在夷。睢盱知渐减，天壤有余师。"似指去外国之行。自大态度渐改，知外人亦有长处。

《浩浩太平洋》，孙中山亦有此题诗，前四句似与之同，究竟是谁抄谁的？我小时看到，也许托名孙中山。在《中华近代名人诗钞》中看到，当时还有《中华近代名人文钞》。《诣阙》，到京城作。"诸贤门户空元祐"句，"元祐"，宋司马光旧党，这里指戊戌变法时代的人已经没有了，被一网打尽；"百辈衣冠竟广明"，"广明"，晚唐年号，朱温篡位前年号。此以比喻袁世凯一流。"升平犹有梨园曲，依旧当年法部声。"《妓席有赠》，写傅彩云，极好，但尚不及常熟孙景贤的四首。"江南艳曲旧吴娘，宛转灯前泪万行。遗佩久迷金马使，零脂空记白羊王。楼头寒雨三生梦，陌上残花半面妆。莫向金樽嗟老大，人间随处是沧桑。""金马"，皇帝侍从，指洪钧；"遗佩"，用《韩诗外传》事；"零脂空记白羊王"，"白羊王"，古匈奴国王的名称，此指德国瓦德西。此诗很凝练。

孙景贤《客有道秋舫故妓事者感叹赋成四律》，"客"，指黄人。第四首最好，都是西昆体："车马阊门老大回，青楼大道驻轻雷。前身因果三生石，小劫河山一寸灰。锁骨容光夸绝世，画眉图史见惊才。水天赌说长安酒，拥髻休灯有剩哀。"汪荣宝作许多诗，很凝练，孙景贤所作就铺开来，十分漂亮，就单句讲，并不很扣合傅彩云，汪作则句句扣傅彩云。汪荣宝《城阙》，"放鸡欲误新丰道"句，"新丰道"，皇帝的路，出汉高祖事；"排闼谁令亡铁牡"句，"铁牡"，指锁，责问是谁丢掉了锁使外国人进来;"星灯照彻诸蕃邸,愁听穹庐敕勒歌"两句,指东交民巷外国使馆区。《十二月十二日送客不及怅然有作》二首。其一:"诏书宽大许归休,拜疏长行敢少留。昨夜星辰犹听履,今朝风雨欲催辀。可无闾阖萦残梦,惟有嵩高忆旧游。廊庙即今多柱石,吾侪过作杞人忧。"十二月十二日,就是袁世凯在宣统即位后辞职回乡之日,诗首句即指此,为袁世凯的回乡而作。陈宝箴遭慈禧贬,居家二十五年,宣统即位,召做学政原官,又做溥仪老师,但光绪三十四年(1908),陈刚接到复官命,故"柱石"不指陈,而指张之洞一流人物。此说明不须作杞人忧,袁世凯走了,天也不会塌。其二:"玉漏惊催玄武湖,泪痕暗渍海桑枯。十年参乘威犹在,一夕扁舟计讵迂?黄发未随人事改,青山转觉圣恩殊。漳滨偃卧如多暇,不信探幽胜具无。"这首诗亦指赋袁世凯。"胜具",身体,游山玩水不但要有情趣,而且要有好身体。警觉袁氏居家,东山再起。汪荣宝诗句句落实。

《恭送景皇帝梓宫奉移梁格庄述德抒哀》,五排。宋人不会作,钱谦益、吴梅村有之。作五排很不简单。这首诗述光绪帝一生,可与王国维《隆裕太后挽歌辞》相比。作排律诗有一门槛,即开头句,要横盖一切。本诗"谟烈垂千祀,讴思动八纮",即有此力量。转折:"秋雨黯台彭。启圣资多难",甲午失败,启沃新思。王国维之作也很好,功力、典故不在汪作之下,但王作渗透着遗老气,赞扬慈禧与隆裕,是非不分,对光绪冷漠一些。就如他的《颐和园词》也不能与王闿运《圆明园词》相比，后者反笔讽刺，有胆量，有气识。王国维之词，却贯穿了对慈禧太后的赞颂，说民国对不住清朝。《由十三陵登峋峋岩回望有作》，七律，有明七子调，但较明七子之作高明，极有气派。"汉家陵树郁苍苍，西上灵岩见昔阳。岚气暝侵樵路细，涧声秋入寺楼凉。诸天钟鼓催回薄，万马旌旗返混茫。圣德神功谁具记？试从野老话兴亡。"尤以"诸天钟鼓催回薄，万马旌旗返混茫"两句为佳。《壬子元日》："赤县讴歌改，金源历数移。霜棱消剑戟，虹气动旌麾。世欲除秦法，人今识汉仪。乾坤日扰攘，收拾恐难为。"歌颂民国，有政治家眼光。《南使》，写南北议和。"铜衢"，用洛阳铜驼典，指北京；"珠馆溢簪裾"，用春申君门客之典；"陋洛谈何易"，北方要压倒南方谈何容易；"倾燕兴有余"，南方要伐北方，也只是空有兴头，不过是兴致有余；"迂儒知量狭，不敢赋论都"，指自己才小，难以裁量在哪里建都好，究竟是北京好还是南方好。《落花效二宋》，借落花指清亡。二宋，指北宋宋祁兄弟。"洛浦惊鸿犹自舞，梁家坠马不成妆"，言遗老仍在复辟活动，而贵室之人早已完结。"坠马"，坠马髻，汉代一种头发式样。

《魏武和旭初》，"旭初"，汪荣宝之弟汪东宝，后单称汪东。诗平平，词作得较好，与汪荣宝都是章太炎学生，曾做中央大学校长，但遭众人反对。"邺台遗恨付衣裘，铜雀风高妓吹休。贤子极宜知舜禹，丕即帝位，曰："舜禹之事，我知之矣。"君王微惜过伊周。至今龙战当涂骇,终古乌飞绕树愁。异日多情吴客至,空将清泪注漳流。""贤子"句指袁世凯之子袁克定,借曹丕事以讽之。全诗就是借魏武写袁世凯,典型的西昆体笔法。西昆体中有写汉武帝神仙事讽之。《登埃腓塔》,韩昌黎笔调,气概大。《欧洲战事杂感八首》,诗西昆体,凝练、概括,与金松岑以乐府写欧战诗各有千秋。如其一:"犀兕穷兵卫,龙蛇伏杀机。白虹一夕起,赤羽万方飞。动地惊雷迅,凝阴集霰微。可怜五步血,沾洒遍戎衣。"《法兰西革除日》,极好。"火树银花向夕惊,途歌同庆自由生。百年信此基民福,群盗于今假汝名。北徼烟尘增黯淡,中原戎马日纵横。羁人欲贺更相吊,独对寒灯耿耿明。""群盗"句,借罗兰上断头台呼叹"自由,自由,多少人借你的名字"之典事,指当时袁世凯后军阀争做总统之事,可谓用西洋典故指中国事。全诗写法国第一次大革命。

　　《网球》,写新事物,用韩、孟联句体。韩、孟联句最有名的是《斗鸡》。本诗详细描写了打网球的过程,十分传神。但诗只是具体写其事,对新事物的一种描写性记录,而不是将事物作为一种基本对象,引申发挥。描摹是写新事物诗的特征之一,这就单纯,缺少诗思的升华。如果只是以诗描绘,描绘之外无他,这样的新事物究竟有何意义?林庚白认为,能理解创作,须具有与被评论对象的同样水平,这就提出,批评主体应该具有怎样的素质。《咏史有寄》,脱离时代内容寄托的西昆体,半个铜钿也不值,不过是王次回《疑雨集》一类东西。汪荣宝活到1933年，本诗即作于此时，时溥仪在东北执政。日本人要汪荣宝加入伪满洲国，汪荣宝不答应，从这首诗里也可看出，"有寄"者，寄给参加伪满洲国者。"中原亡鹿不堪求，阻海犹能主一州。失水正须升斗活，随阳岂有稻粱谋？蓬莱未必多仙药，松杏依然是故丘。白发回天粗已了，江湖迟子入扁舟。""松杏"，松山、杏山，明清交战之处，满洲故乡。就末两句看，本诗也许是寄与郑孝胥之作。汪可能与郑有来往，但其中看不出痕迹。

王瀣，字伯沆，陈散原好友。写景诗好，受阮大铖影响。同时写景诗人当中，与俞明震比较接近。王崇拜黎简。伯沆诗无单行，前几年印在南京《文史资料》，原南京师范学院编。一生大多生活在南京。《半亩园吊龚半千》："半亩名园毁，清凉山亦孤。当年住遗老，小劫感啼乌。诗壁风吹坏，楼居云可呼。绝怜扫秋叶，犹自貌浮屠。"五、六两句犹佳。《随园》："此老有真意，桐乡官即家。天然作词赋，辛苦理烟霞。娱母始沽酒，无儿多买花。凄凉寓公墓，空剩古梅斜。"袁枚墓在今南京师范大学对面小山上，随园之中。《秋感用杜少陵秋兴韵》八首，其一："睍睆娇莺啭上林，画旗淋雨尚森森。庄严劫火秦灰热，钟漏声遥汉殿阴。双爵金觚愁挂眼，九龙香辇殢归心。御沟多少流红水，欲浣春夜泪满砧。"这一组诗约写于庚子事变前后。其二末："一片沧桑问黄幄，长安风雨正看花。"着讽极妙。其四首二句："全局难翻已败棋，河山花鸟总衔悲。"次句概括了杜甫《春望》前四句。末二句："车尘何日回龙辔？独倚天南有所思。"其六："津桥歇浦莽回头，番屋连云气不秋。紫燕黄莺常醉国，南船北马自边愁。生憎急羽飞军鸽，敢倚忘机狎海鸥。衣带一条天水碧，几人勠力在神州。"第三句用举国皆醉典，不着痕迹。公度诗亦用之，但正面道出。后两联用宋代事，指当时东南互保条约，保南方无战事，而顾不得国家。这一组诗极有功力，魏源、姚燮亦写过"秋兴"诗，但均不佳。写此题，一般关于国家大事，须反映出自己的政治见解，就诗的角度讲，要有韵味。否则没什么意思。单是客观地记写，没有多少名堂。

  我不喜欢新时的文艺理论。许多弄西洋东西，套中国文学，将中国文学分为现实主义、浪漫主义，其实二者是割不断的。二者自然有区别，但不是截然分开，而是互相高度融合的。毛主席就高明，提倡两结合，他懂得中国文学。两结合有侧重，要以反映客观现实为主。但作家不能完全客观反映现实，主观因素的各方面都渗透其中。所以，同一种对象，每个人写出来是不会一样的。现今人讲典型，将鲁迅的话抄得来，是"杂凑"的角色。我说典型是一滴水而见大海，一个月亮照在千江万河。作品写一小角落，但能显示出整个社会，这也是典型。写现实，每个人主观感慨不一，选取角度不一。东西写出来，本身就有主观感情在里面。作品，毕竟不同于照相机。我写东西，当中就有我的想象，有添枝加叶的东西在里头，现实里并未发生。不要说诗，小说都是如此。《孽海花》确有其人，事亦依稀有些,但事实完全一样吗?曾朴在其中的想象多得很。写现实,一定有作者的主观感情在里面,这就是浪漫主义。杜甫诗中就兼而有之。浪漫主义如屈原扎根于现实,没有楚国的现实,屈原何以写出《离骚》?现实主义者注重现实描写,屈原在富有神话世界的南方,神话也是一种现实,充满幻想、想象,地理自然环境迷茫而浪漫。他写的作品是现实,用的比兴、想象。他的主体与现实不同,个人主体、手法不一,但不能脱离现实。所以,浪漫主义同现实主义是不可截然分开的。

诗史,不好单依宋人的理解。写诗史,也有几等几样写法。李白写现实之作,难道就不是诗史吗?宋人将李白排斥在诗史之外,岂有此理!姚燮诗拟杜甫《秋兴》七律,数次均写得不好,他以乐府写现实之作就稍好一些。诗史要讲诗的价值,钱牧斋写郑成功进攻长江,事情有得写,但他以律诗概括。钱牧斋、吴梅村相比较,钱重抒情,吴重纪事。吴之《清凉山赞佛诗》,写得比《长恨歌》还要好。事情的影子有一些,但董鄂妃之事,绝不是完全如此。这是浪漫主义的。

王瀣《过明故宫》,五古,此诗很重要。"……书生少大略,势亟但忧恹。北兵夺门至,夷族过秦政。江山洒碧血,断石气余劲。无补家国事,一死岂究竟?当时若早计,世危或转盛……"此诗总结明亡教训,有现实在里面。我一生不写女人,如有,也是寄托。《癸丑五月十四日陈散原俞觚斋招游焦山三宿松寥阁赋诗五首》,这是他所写诗的代表作。"癸丑"为民国二年。其一:"焦山落我眼,影秀浮蓬壶。帆舟晓日明,微风绿蠕蠕。楼殿拍水飞,牒石肩不逾。怪碧架高雷,江淮来委输。泬洄郁无声,一喷碎万珠。兹山古天险,岳岳特百夫。历劫当流中,气尊骨不枯。着我来振衣,畴写凌风图。"其四:"松寥晚共饭,客散江楼宽。散原脚不袜,冥对天星寒。觚斋澹荡人,感叹在云端。颇恨万象闭,无月无好观。兹游岂失时,冰丸正团圞。碗舜甘冷啜,就枕各不安。冥冥风揭帘,微微露侵栏。象山暗如几,倦眼时一看。似有空外音,栗魂听风湍。"现实中有消沉思想,故"感叹在云端"。其五:"江山壮南戒,将归造层颠。浑浑元气包,高禄风扫天。佛光黯危楼,木末冷眼悬。坐见百变灭,沙鸟云烟帆。吾身亦邻虚,吸习烦尘煎。纯思久不飞,终冀佛见怜。息影茆盖头,寸壤随前缘。高揖辞山灵,神恩永绵绵。"其一有气概,其二、其三逍遥世外。

写风景诗,有各种写法。写景所体现何种心情、境界,陶、曹、谢、李、杜、王、孟、韦、柳、阮大铖、竟陵、清代厉鹗均有。曹操写风景,气概雄伟;陶诗"采菊东篱下,悠然见南山",有世外之心,但他写在归乡后,消极地对待与刘裕的对立,所以陶有这种诗。研究陶诗,要用朱熹、龚自珍、鲁迅的观点,全面看待,也有金刚怒目,与前者精神一致。王、孟、韦、柳与杜甫就不同,除柳宗元有迁客心情外,王、孟两家有逍遥世外的思致,是封建时代士大夫吃饱饭后的消遣。官做得厌了,就想隐居。这一种山水诗,是客观存在。只看景色,体现了他们的心情,所需要的是什么东西。那时开明盛世,王维被安禄山拘囚,也要写现实了,作家摆脱不了时代影响,不复"行到水穷处,坐看云起时"了。今天,要用批判的眼光来对待,不能被其牵着鼻子走。尤其不可以强调提倡这一类东西。对待古代文学持什么态度?况周颐《蕙风词话》,我极不赞成,其中大半为北宋花间、女人。情真、景真,要看哪样的情。钱牧斋高明,提倡写时代家国之情。鲁迅对古典文学的态度完全对。

技巧,单纯去讲求,必然要走入死胡同。我们不单纯谈技巧,而是讲写作才能,包括生活实践及选择生活、表现生活的态度和方式。我首先要批判自己。我十五六岁写山水风景诗,在艺术上未必现在比那时好。但那时我写的是什么东西?处于五四运动时代,而走"学衡"派的路,是不对的,要批判。看到我的诗,就会看到变化。我小时逍遥世外之作,是否情真、景真?是真的,但这种真要不得,要批判;要看向往的是什么东西。至于论文,《近代诗评》,大可不必要了。列宁《论大俄罗斯人的民族自豪心》,引车尔尼雪夫斯基的话,斥俄人的奴隶性。

冒广生,上讲已提及。冒为蒙古人,成吉思汗嫡系子孙,清初冒辟疆之后裔。解放后任文史馆馆长。他并非冒辟疆嫡后,为同族,但他总是好拉上冒辟疆。此人好投机,汪精卫时,到南京担任不出名的顾问,让儿子出面做官。好倚老卖老,诗中笑话很多,虚造出来的。尤其是说顾太清与龚自珍有染,曲解龚的《丁香花》诗。

《李卫公舞剑台》，写李靖。"兀兀荒台峙夕曛，山僧能说李将军。仓皇马革东征骨，惨憺龙旗北地云。爱妾傥携张一妹，故人偏值盖苏文。匈奴未灭英雄老，抚剑凄然泪雨纷。"其中"爱妾傥携张一妹，故人偏值盖苏文"，附会传奇小说《虬髯客传》红拂、虬髯客关系，根据小说附会，说"盖苏文就是虬髯客"。于此诗可见冒氏穿凿之能。其《晾甲石歌》亦云："苏文本是虬髯客，曾共药师称莫逆……"吊古之作而虚造如此。欺世盗名，善弄花头。《同敬孚先生夜话》二首，敬孚，萧穆。其一："吾曹都是不辰生，豺虎纷纷世路横。只有罪言唐杜牧，更无奇计汉陈平。"其二："眼底群公食肉才，封疆危日事堪哀。白头不作功名想，也梦登陴杀贼来。"《顾鹤逸为我画水绘庵填词图成赋此柬之》："冬至关河万木枯，太行西去路崎岖。请君换我伤心泪，更写明皇幸蜀图。""水绘庵"为冒辟疆，而广生拉扯上自己。《和董卿如皋城中古松诗》，诗作得好，效韩昌黎体。昌黎体一般一韵到底，而此诗中间转韵。《重九日泊舟烟台怆怀晚翠》，"晚翠"，林昶。冒与林无多少关系，诗借林提高自己。"故人往岁烟台泊，寄我一篇重九诗。碧血已成千古恨，黄粱才熟片时炊。"三、四句非悼念诗的真感情；"旌旗幰幰当关健，海水滔滔去国悲。十载商量天下计，眼前谁与系安危。"空腔板。《咏史四首》，写董鄂妃董小宛事。其三"九原相见低头笑，难得官家竟舍身"两句，有些袁枚调子。这些诗若写在当时，可谓诗史，但写于三百年后，就没有价值了。而且，也无新的判断。王国维的《咏史》就有新意、新的见解、新的认识。《再和外舅夫子无题八首》,"西风流水点栖鸦"首,未点出写的什么;"镜里朱颜白发新"首,就比上首强,"西狩山河王母国,中州词赋洛川神"两句,指慈禧、珍妃甚贴切。《读陶渊明诗十首》其二:"唐人学渊明,皆云王与储。谁知《羌村》诗,实仿《田园居》。驱鸡更秉烛,邻里墙头呼。请君细咀嚼,其味定何如。"《读韩诗》,评韩愈尚切当,但不曾讲出主要的东西,仍停留在字句上。而韩愈《答李翊书》,讲读书要"养气"。韩读古代文,不是停留在文字、训诂上,而是要养气,学前人当学其浩然正气。对这一点,冒本诗却不涉及。《读公安竟陵诗》:"公安以活法起死,竟陵以真诗救假。乘间抵隙非不工,才弱终怜品斯下。譬如晴天云不生,船头载月水上行。此时冥想群动息,亦觉心境能双清。须知诗境大无外,晦明风雨皆光怪。深山大泽生龙蛇,一壑自专毋乃隘。后生执笔求新奇,新奇便落痕迹讥。顾视清高气深稳,杜陵七字真吾诗。地惟以厚称悠久,轻薄为文徒速朽。当时亦似唊江瑶,后日视之等刍狗。天人息息本相通,但将笔墨还化工。不然更勿着文字,亦免鬼哭阴雨中。"斥竟陵诗狭窄,主张诗要境界开阔。牧斋斥竟陵,亦有偏见。竟陵为诗,刻意深峭雕炼,牧斋不会此道,故斥之。故牧斋斥竟陵,未必完全公道。竟陵诗不在境界的小与大,而在对待现实的态度问题。明亡后,竟陵派代表人物已去世,其他人成为遗民,但诗终究狭小,如与牧斋友善的徐元叹等。邝露早期与竟陵有染,以后就完全不是了。冒广生的这首诗只就境界的大小来讲。《客秣陵得七绝》:"黯黯青山故国围,家家夫妇泣牛衣。寻常百姓堂前燕,多恐明年要误飞。"翻杜牧诗意。《过水绘园》:"瘄寐江湖得暂归,攀条凄绝柳成围。纵然五亩保安石,已似千年悲令威。忧患叠乘家半毁,风骚重主意多违。此身若有承平日,犹愿烟蓑守钓矶。"全诗口吻宛如冒辟疆嫡后,不切身份,而且就像是园子的主人,更其可笑。末句更是如此。冒广生乃一官迷,岂可言"守钓矶"?骗人。《楼望》:"荡气回肠对冶城,江山人物可怜生。乌衣马粪门材尽,一片青蛙阁阁声。"写得好,"乌衣马粪",王家。《读茶山集成五首》,评诗论人,毫无规律。

陈去病、柳亚子,只要看看题目就好了。诗固不错,但创新不足,既不及金松岑,更难跻黄公度。

文学活动、社会现象,是联系到各个方面的,是要以有机联系的系统来对待的。我的研究方法,就是这两句话。我大不同于文学史之论家,那些文学史未写出发展规律。逐家排列,写法来自苏联。苏联可以那么写,人数少,屈指可数。而中国文学家多如烟海。如若看一家一家,也不用看文学史,只要看《历代文学家评传》就可以了。可能评传更高明。

我的研究方法,就是上面所言。抗战以前我也是如此。如发表在《学术世界》上的《浙派诗论》《十五年来的诗学发展》;解放后写的《三百年来浙江的古典诗歌》《三百年来江苏的古典诗歌》等，均是注重各派间的联系与影响。如浙派诗对黎二樵的影响，黎二樵对姚梅伯的影响。研究晚清，汪国垣写了《光宣诗坛点将录》，我又写了《近百年诗坛点将录》，因汪作只看到局部联系，而未看到其中主流与非主流方向，从中分清主流与非主流。汪将陈三立、郑孝胥，点为宋江、卢俊义。我点黄遵宪与丘逢甲。而现今人以"左"倾看人，不是有机联系。以诗界革命代表进步，"同光体"代表反动。这又不是有机联系。诗界革命是有发展的，其中有进步方向，也有反动方向，不能一刀切。而且，也不能以政治现象代替文学现象。都处在半封建、半殖民地社会，只要爱国，都有相同之处，有联系。即以发展论，康有为在清保皇，到民国后，丁巳年（1917）宣统复辟，康有为参加了。南社，革命团体，但高旭后来参加曹锟贿选，投入北洋军阀。处在社会动荡中，人都在分化。文学活动，不能单独孤立运行——要注重相互关系，这是我向来强调的。

西昆体与"同光体"、诗界革命均有关系。即使湖湘派，也不能片面抹杀。曾广钧（曾国藩孙）能欣赏黄遵宪"新派诗"。他自己怎样？黄赠其诗两首，极称赞之。范当世为江西一派作者，对黄遵宪诗极为颂扬。若无共同基础，何以如此？所以事物是有机联系的。要分清主流，但这不是死的。我的《论同光体》一文，为"同光体"正名，但今人曲解文意，断章取义。既然说有机联系，就是有机的，不是绝对的。既然是联系，就有多种存在，有不同。整个社会文学现象都不是孤立的。我老矣，无力写出一部诗学史。司马迁伟大，写出全面的史，达《庄子·天下》之境界。

文学与学术思想都有牵连，不理解学术思想，如何理解其文学？陈宝琛，在光绪初年，为清流，议朝政之弊，长期被贬，隐居家乡。诗有与黄遵宪一致处。写南洋几篇较黄作尚早些。郑孝胥后为汉奸，在民国初年以前，《海藏楼诗》初印，比较进步，开朗，留学日本时所写日本诗，对日本并无好感。后辅佐宣统，参加伪满洲国，主要是遗民思想作怪，目的在复辟清朝，故被日本人一脚踢开。其错在建伪满洲国，卖国行为。若只是复清，还只是中华民族的内部矛盾。福建诗人严复，表达进步思想多矣，但也有倒退。袁世凯称帝，他为"筹安会"六君子之一，"五四"倡白话文，他在《学衡》上发表大量文章反对。离开了社会现象，怎样会有诗歌的发展？

我培养的博士生，都很好，但都未接受我的研究方法。朱、马二人写清代诗史[①]，马写得好些，有创新，但其局限是小了些，只注重桐城派影响。题目"最后历程"，不好。朱功底扎实，其作还是逐家排比，难写出有机联系。我现在要写《清前期诗坛点将录》。南社成分很复杂，因为不是孤立的。各派之间都有联系。如黄节，早期进步，到后来要好的朋友张尔田，遗老。黄

---

① 编按：朱则杰《清诗史》，江苏古籍出版社 2000 年版；马亚中《中国近代诗歌史》，复旦大学出版社 2011 年版。

晦闻在遗老的影响中越来越消沉。

黄人的《文学史》，中国文学史开山之作。编"百科全书"，环境是教会学校，故思想较为自由。

陈去病，南社创始人；创始人还有柳、高两人。高诗粗糙，较陈、柳更下。这些人诗艺水平不高，诗体上无创新，旧体风格。诗不能说蹩脚，但不高明。如林庚白云：南社诸人，多不工诗。南社其他人之诗，有些属另一些流派。如黄人、黄节、诸宗元、林庚白等，人为南社，诗非南社。我们承认南社是文学团体，但将文学作宣传用，宣传政治，作品肯定不会高明。解放以后作品无大佳者，盖因于此。

《读竹书纪年》，表明陈去病学问很好。本诗议论有些新见。《竹书纪年》有两种，一为后代伪造，一为晋代原书，但已失传。只在许多类书里有记录。王国维有《古本竹书纪年辑校》，清代学者对伪造的《竹书纪年》也有许多注本。以古写寄托，为了今天目的。《江行杂诗》二首，其一："蜃市楼台贾客侨，空青珠贝杂文鳐。南徐风物今如许，金粉何从问六朝？"其二："鱼龙呼啸水奔撞，百万蛟鼍恐未降。独有东吴陈季子，烈风雷雨过长江。"蒋、梁风调。《咏怀》六首，"胡马西北来"首，写中国人抵抗帝俄。"北地多哀鸿"首，表现对清朝的反抗。《将游东瀛赋以自策》，诗写得很粗。《大阪怀徐福》四首，其一"莫道中原无俊杰，避秦先已辟三山"两句，写徐福出海求仙，目的在避秦，因秦杀方士；其三"由来不少哥伦布，兹是神州第一人"两句,以哥伦布发现新大陆比徐福到日本岛。《东京雨后寓楼倚望》,这类题或奇或凝练,本诗却有些平。陈去病、柳亚子诗不怎么样,但在当时反对封建专制情况下,有鼓动作用。《题郑延平战捷图》,赞扬郑成功,但无新意。这类诗应写出新意才好。钱牧斋就对郑成功退兵长江不以为然。《稼园哭威丹》,悼邹容。其一:"半春零雨落缤纷,烈士苍凉赴九原。正是家家寒食节,冬青树底赋招魂。"句子写得马马虎虎,"冬青树底赋招魂"句,"冬青"指皇陵,用在邹容不契,其诗之粗可见也。其二:"怜君慷慨平生事,只此寥寥革命军。一卷遗书今不朽,诸君何以复燕云。"较好,契合对象,亦有气概。《喜得海外书却寄》。《赠刘三》,记当时事。《还古书院有怀金文毅公》,借吊金氏鼓吹反清革命。《江上哀》,小序说"为徐、秋、陈、马作也",徐、秋等即徐锡麟、秋瑾等人。诗从反清角度赞扬这些人。《赋得韩亡子房愤为安重根作也》,写外国。

晚清的许多历史事件一路贯穿下去,故陈去病的诗可称得上诗史。《出塞望蒙古》两首五古,可见出作者对边境少数民族的态度,是大汉族主义。《寄安如》三首,赞扬柳亚子,斥江西(同光)体。这三首诗论清代诗。从诗前小序即可见其主旨:"明七子教人不读唐以后书,虽甚激切,然余颇谅其恳直焉。自后世拨西江之死灰而复燃之,由是唐音于以失坠,闽士晚出其声,益噍杀而厉,至于今蜩螗沸羹,莫可救止,而国且不国矣。柳子安如独能挥斥异己,挽狂澜于既倒,予甚壮之,因为诗三章以寄，庶几益自勖励，而勿懈其初衷乎？"

柳亚子。柳亚子我不喜欢，陈去病厚重些，柳亚子刻薄，柳诗功力差，不及陈。柳亚子比陈去病更豪壮，如《放歌》等。《巢南书来谓将刊长兴伯吴公遗集先期得公真迹小札一通又得王山史先生所撰夏内史传及为内史营葬事甚详喜极驰告索诗纪之应以四律》四首，写陈去病。陈去病本是柳亚子的老师，但柳亚子诗中的口气似无师，如："吾乡陈季子""如君信可师"等句，并非做学生的口吻。《王述庵论诗绝句诋諆放翁感而赋此》二首，其一："放翁爱国岂寻常？一记南园目论狂。倘使平原能灭虏，禅文九锡亦何妨。"其二："庆元党禁诚私意，恢复中原义至公。却笑当年许平仲，高谈理学昧华戎。"《吊鉴湖秋女士》四首，其一："未歼朱果留遗恨，谁信红颜是党魁！""朱果"指清廷，传满族为吞朱果而生。这四首诗作得粗，好题目作不好诗。马浮亦有一首悼念秋瑾的诗，为悼秋瑾诗中之魁。马考秀才与鲁迅同榜第一，两人亦同乡。马浮自己诗中，佛典过多。悼秋瑾之作为《悲秋四十韵》："含涕辞欢侣，甘心赴国仇。湛身原妾志，为虏是郎羞。松柏西陵怨，燕支朔地愁。怀人犹望岁，羁旅早惊秋。绝岛穷年思，清江万里舟。樱花迷上野，芳草遍瀛洲。暮雨迟归梦，春风独倚楼。凝鬘翻梵叶，带笑佩吴钩。步拥青绫障，门停白玉驹。褰裙追海月，舞剑对灵湫。锦字云中讯，胡笳塞上讴。鞭芬余购屩，铅泪在香韝。永夜何时旦，佳兵且未休。倾城悲女祸，恤纬切嫠忧。郁郁求龙种，申申罝犬酋。经过多侠少，感愤起同愁。在路思尝胆，中朝苦赘疣。檄书时裂帛，侍从或兜鍪。宝肆捐珠匣，芸房掩翠帱。钗钿闲不御，粉黛黯谁收。揲草双蛾敛，鸣弦十指柔。清波无可语，转袖待回眸。谣诼盈当路，艰难恃半筹。履霜宁抱戚，多露敢逢尤。世事浮云变，年华逝水流。南山罗正设，东海石仍投。痛绝黄门狱，冤沉北市囚。岂知谗士口，竟断美人头。终古轩亭恨，崇朝皖郡谋。可怜殉虎穴，犹得首狐丘。太息三仁远，谁为二子俦。鲁哀贤漆女，秦帝愧留侯。遗恨逃文字，余生戴髑髅。漫空飞毒蛊，白日叫鸺鹠。雨雪天应泣，沉沙地转遒。起坟明大道，顿辔望长楸。隐雾来玄豹，神飙动赤虬。素车谁恸哭，青冢独行游。斯事成千载，何人问九幽。招魂惭后死，无复恫宗周。"这诗写得好，笔力遒劲，字正腔圆，不似柳作有些轻浮，几近打油。《四月二十五日》四首，这个日期是桂王被吴三桂杀死的日子。

《论诗六绝句》。其一："少闻曲笔湘军志，老负虚名太史公。古色斓斑真意少，吾先无取是王翁。"对此我不敢恭维。《湘军志》不可谓"曲笔"，而是纪实之作，故引致湘人訾议，又有王氏作《湘军记》。王闿运曾说吴梅村诗像天雨花弹词传奇。王昶未点名，但说过现今有人作古诗，像弹词一类。说明诗在他们眼里，是正统。其说在我的《王船山诗论后案》中引述评之。旧式文人对戏曲小说极鄙视，故吴梅村被贬为天雨花、莲花落一类。但这应看作吴梅村的创新，故评价要高于渔洋，渔洋无独创。梅村体继承四杰、元白，又汲取明代传奇、戏曲融汇之。其二："郑陈枯寂无生趣，樊易淫哇乱正声。一笑嗣宗广武语，而今竖子尽成名。"斥郑、陈无生气，樊、易淫哇乱正声，这些评判均未恰当，末两句更为狂妄。其三："一卷生吞杜老诗，圣人伎俩只如斯。兰陵学术传秦相，难免陶家一蟹讥。"评康有为"生吞杜老诗"，不确。其四："浙西一老自嵯峨，门下诗人亦未讹。只是魏收轻蛱蝶，佳人作贼奈卿何！""浙西"，应为"浙东"，按诗意，诗当写李慈铭。"门下诗人亦未讹"，指樊增祥，与其二自相矛盾。其五："时流竞说黄公度，英气终输仓海君。战血台澎心未死，寒笳残角海东云。"纪黄公度，英气不及丘逢甲，这个评价是恰当的。丘逢甲诗主要在抒情。其六："快心一叙见琴南，闽海诗豪林述庵。老凤飞升雏凤健，龙门家世有迁谈。"福建诗人林崧祁，字述庵。"闽海诗豪林述庵"即指此人。林述庵虽为闽人，但为诗好吴梅村、黄仲则一流。

陈去病、柳亚子诗，皆属近代诗史，但诗艺不高，功底浅。金松岑就比他们高明得多。但松岑亦有缺陷，其爱国主要体现在世纪前后的一些大事上，辛亥后，除写欧洲一次大战、斥袁世凯外，游山水之作多了。他参加革命，参加爱国学社，但诗中不见。很多重要事没有写。作为诗史，这是缺陷。范烟桥写过《吴江三诗人》一文，评柳、金等。

后 记

《钱仲联讲论清诗》2004年经苏州大学出版社出版后，至今已届十五个年头了。十五年来，清代诗学研究无论规模还是成果水平，已非昔日面貌。其表征也许正在这种研究状况体认上潜移默化的迁变：清诗研究在古代文学学术研究系列中，说显学大约还够不上，但也没人会继续认为仍是冷落的一隅。盈科而后进，原本是学术研究的自然姿态。但有大力者的推动，往往是其中至关重要的因素。清诗研究从20世纪80年代初筚路蓝缕开拓到今日的蔚为大观，钱仲联先生作为推动者首屈一指的地位和作用，应是不二的共识。这不仅是振臂一呼的倡导，更重要的是身体力行的学术示范。作为公认的国学大师，先生的建树有他覆盖国学各主要领域的等身之上的著述支撑，清诗不过是其中一隅。这个小册子更只不过是先生讲论清诗的零星记录。出版十五年来，一直受学界器重。大师之所以为大师，其识见和论断往往经久耐嚼，持续启沃发散，在学术链推宕衍生的每个环节，都有参鉴托寄的内在需求。三联书店有感于先生作为国学大师讲论清诗的重要学术价值,也出于弘扬传统文化的使命,建议将书肆久已难觅的这个记录重新出版,作为整理者,我自是欣然。是为记。

魏中林

2019 年 3 月 5 日